HABANA FLASH

HABANA FLASH

Xavier Alcalá

Colección: Narrativa Nowtilus
www.nowtilus.com

Título: Habana flash
Título original: La Habana flash
Autor: © Xavier Alcalá
Traducción: © Xavier Alcalá

Copyright de la presente edición © 2009 Ediciones Nowtilus S. L.
Doña Juana I de Castilla 44, 3º C, 28027 Madrid
www.nowtilus.com

Editor: Santos Rodríguez
Coordinador editorial: José Luis Torres Vitolas

Diseño y realización de cubiertas: Opalworks
Diseño y realización de interiores: JLTV
Maquetación: Claudia Rueda Ceppi

Fotografías del interior: de Xavier Alcalá y Marcelino Fernández Mallo

Reservados todos los derechos. El contenido de esta obra está protegido por la Ley, que establece pena de prisión y/o multas, además de las correspondientes indemnizaciones por daños y perjuicios, para quienes reprodujeren, plagiaren, distribuyeren o comunicaren públicamente, en todo o en parte, una obra literaria, artística o científica, o su transformación, interpretación o ejecución artística fijada en cualquier tipo de soporte o comunicada a través de cualquier medio, sin la preceptiva autorización.

ISBN 13: 978-84-9763-726-8
Fecha de publicación: Abril 2009

Printed in Spain
Imprime: Lavel Industria Gráfica
Depósito Legal: M. 10.905-2009

A don Jesús Barros y a Gerardo Noche,
cuyos espíritus guardianes
vagan por los grandes espacios
del Centro Gallego de La Habana.

A aquellos que no debo mencionar,
avisándoles de que me llegaron sus cartas
vía Miami.

A Pedro Blanco Llano,
que me dio datos principales
sobre la emigración a Cuba.

Coruña, verano de 2008
Xavier Alcalá

ÍNDICE

Aclaración 11

Prefacio 15

Explicatio non petita
(a censores y servicios de información) 23

El viaje pendiente 27

Pasando por Lisboa 43

Rota Habana de través 75

Peixiño 123

Viejos pescadores 165

La entrevista 199

En el campo de concentración 229

Posfacio 257

Aclaración

A Cuba viajamos muchos españoles de diferentes maneras y en distintas condiciones. Algunos vuelan hasta allá sin más idea que la de divertirse. Otros van en busca de sus historias familiares porque a la Gran Isla emigraron abuelos, tíos, padres... Innumerables familias (sobre todo de gallegos, asturianos, cántabros y canarios) tienen capítulo cubano.

Esto es lo que les ocurre a los viajeros de *Habana flash*, que se ven envueltos en la realidad de Cuba con casi cuarenta años de Revolución. Y lo mismo le sucede al comentarista del texto principal, Marcelino Fernández Mallo, quien enfrenta su pasado familiar con el presente cubano, ya próximo a los cincuenta años de vida revolucionaria y revolucionada.

La primera versión de este libro apareció en gallego (Editorial Galaxia, Vigo, 1998) con prólogo de Francisco Fernández Naval, certeramente adecuado a ese momento. Esta edición de Nowtilus en castellano cuenta con prefacio y posfacio de Fernández Mallo, que marcan diferencias de diez años en el país, la gente y el régimen.

Vaya por delante mi agradecimiento a Marcelino por su ejercicio, que confirma y remoza lo escrito hace tiempo; y al editor, Santos Rodríguez, por la oportunidad de publicar historias y visiones aún desconocidas cuando se va a cumplir el cincuentenario de la entrada del Comandante y su "tercer ejército nacional" en la ciudad de las ilusiones y las nostalgias.

Xavier Alcalá

Prefacio

Fue un viaje repetido. Pisamos las mismas calles. Hablamos con los mismos hombres y mujeres. Comimos en las mismas mesas. Tomamos los mismos taxis, visitamos los mismos lugares, fotografiamos las mismas escenas. Pasaron diez años y nada cambió. Pero pasaron diez años.

Hace diez años, Elena y Xavier (Inés y cronista) partieron hacia La Habana pasando por Lisboa (Ana y yo lo hicimos pasando por Madrid). De aquel viaje necesario surgió este libro editado años atrás, en gallego, por Galaxia. De ese otro, el nuestro, nace este prólogo. Un prefacio que quiere rendir tributo a un país, arruinado en tantos aspectos, y a una crónica que va más allá de esa ruina y de esa penuria que también describe e ilustra.

Habana Flash es una crónica de un viaje pero es especialmente la crónica de una sociedad vista desde los ojos de una colectividad llegada de ultramar. Una sociedad en espera permanente y desesperanzada, en celebración continua pero amargada, en movimiento constante y estancada.

Una sociedad que intenta mirar hacia fuera pero no consigue ver nada.

Habana Flash es una crónica realizada por un animal narrador que ejerce, ante todo, de cronista de la realidad, una realidad que en este caso podría ser convulsa pero tan solo es expectante, pasivamente expectante. Se trata de la realidad cubana transcrita por el testimonio de Xavier Alcalá en su viaje necesario y descrita por los testigos que en el trayecto él se va encontrando.

La huella de Galicia en Cuba es tal que cualquier español en suelo cubano suele ser identificado como gallego. Nadie puede extrañarse de oír a un cubano afirmando ser "nieto de un gallego de Albacete", por ejemplo. Ni siquiera el idioma pudo con tal equivalencia imposible. En determinadas zonas de La Habana y en determinados sectores, sonaba con naturalidad el gallego por encima del castellano zumbón de los cubanos, tal como expresa Alcalá en diversos pasajes, especialmente en el capítulo dedicado a "Peixiño".

Hoy en día se siguen publicando ensayos, estudios, biografías, relatos sobre los "gallegos de Cuba" y sus —demasiadas veces trágicas— experiencias vitales. En el reciente *Galegos da Habana* escrito por la periodista cubana Ángela Oramas (Sotelo Blanco, 2007), se reproduce el siguiente texto publicado en la revista *Galicia* en 1915: "Por donde quiera que uno viaja, siempre encuentra un gallego. Los hay trabajando en el campo, en la fábrica, en el taller, en la oficina, en la cátedra, en la bodega... los hay por todas partes."

Los escritores gallegos no se olvidaron de Cuba como motivo de sus poemas o relatos. ¿Cómo podrían si muchos de ellos residieron en la isla caribeña llevados por el duro exilio o por la áspera emigración? Figuras tan ilustres como Ramón Cabanillas, Curros Enríquez, Manuel Lugrís, Neira Vilas o Lois Tobío han mantenido La Habana como un recurso habitual en la literatura gallega. La propia Rosalía de Castro escribió ¡Pra A

Habana!, poema donde para siempre quedará reflejado el desgarro de la emigración: *"Galicia está probe / i á Habana me vou... / ¡Adiós, adiós, prendas / do meu corazón"*. Habana Flash termina con una línea arrendada de esa misma pieza poética: *"Toda a terra é dos homes"*.

Xavier Alcalá es —ya lo decíamos— un animal narrador que busca, persigue, explora, observa, escucha (escucha mucho), analiza, contextualiza, relaciona, concluye y escribe. Escribe doliéndole no poder continuar la búsqueda, la persecución, la pesquisa... Él mismo lamenta no haber podido extender la estancia, multiplicar los contactos, hablar con los cientos de personas y de personajes que le faltan (que él siente que le faltan). Y dice: "Si pudiera juntar tanta vivencia, escribiría tanto, tanto daría a saber al mundo sobre la aventura de existir...". Xavier tiene hambre de contar.

Y cuenta en *Habana Flash*, y a través de esas páginas uno siente la ciudad que fue y anhela la que aún puede volver a ser. Pero, sobre todo, el lector llega a padecer el múltiple sacrificio de aquellos hombres procedentes de ultramar, el sufrimiento abnegado de quienes debieron abandonar su tierra (*"Este vaise i aquél vaise / e todos, todos se van"*, decía el recordado poema de Rosalía); de aquéllos que trabajando sin tregua consiguieron una posición, una propiedad, unos medios decomisados después por la Revolución a pesar de lo cual permanecieron, optaron por permanecer, de nuevo sumidos en la pobreza —la pobreza emigrada—. El propio Alcalá no puede reprimir la pregunta al final de la entrevista que realiza a "O Mestre", ex-guerrillero antifranquista y ex-colaborador del régimen cubano purgado por Fidel. Le pregunta Alcalá: "¿Por qué no se viene para allá?"

No regresan, no. La mayoría fundaron una familia y, a pesar de mantener la *saudade* de los recuerdos, de los aromas, de los paisajes, de los acentos, no pueden ni quieren volver. Porque nada hay al otro lado que los reclame, porque su memoria se ancla en sus pueblos de procedencia pero su futuro, precario, se proyecta ya solo en la ciudad de adopción. Porque son los gallegos de Cuba.

Cuba y Galicia tienen eso en común: son países partidos en dos. Una porción apreciable de sus hijos, de sus ciudadanos, reside fuera del territorio. Los unos emigraron en buques mercantes preparados para largas travesías, los otros en balsas vulnerables ante una borrasca o, quizás, ante un simple cambio de corriente. La cubanía existe como existe la *galeguidade*, pero la Cuba de Fidel (ahora de Raúl) no da cuenta del drama de los balseros. Los balseros no son cubanos desesperados, son traidores a la Revolución.

Y, sin embargo, ¿qué revolución puede durar 50 años? Cuando Elena y Xavier realizan su viaje, se cumplían 40 años de la entrada de los tres comandantes en La Habana. Fidel, Comandante en Jefe, el Ché (**C**uando **H**abía **E**speranza), mito y leyenda, y Camilo Cienfuegos, el mártir todavía presente. Cuando nosotros recorremos Cuba, se está preparando el 50 Aniversario de aquel 1 de Enero de 1959. Una revolución de cincuenta años o es un fracaso o deriva hacia la involución, lo cual quizás represente la misma condena.

En 50 años, el comunismo no cedió ni un ápice. Por el contrario: la falta de libertad afecta a cada ámbito de actuación del individuo, nadie aspira a la implantación de un régimen democrático, las instituciones se limitan a aplicar las consignas, la información se confunde con la contaminación... Económicamente, cada sector es un monopolio estatal, los salarios se igualan (lo llaman igualitarismo) en la miseria, la producción agraria se reduce, la industria nunca llegó a nacer... Cierto que ahí se mantiene el injusto bloqueo y cierto también que Estados Unidos intentó invadir el país (¡hace 47 años!), y que la base de Guantánamo se mantiene miserablemente enquistada en el extremo oriental del territorio, razones que, con todo, nunca podrían justificar (y mucho menos explicar) la parálisis y la decrepitud del régimen.

La situación queda reflejada en cada página de *Habana Flash*, en cada una de sus escenas, de sus diálogos y de sus descripciones que bien podían haber tenido lugar con escasas diferencias (recogidas en el Posfacio) diez años después. La crónica de Xavier Alcalá desmonta la idea romántica que tantos han (hemos) mantenido sobre la dignidad de unos revolucionarios capaces de imponer su ley y su ideología ante el monstruo imperialista. En realidad, hay dos monstruos: el imperialista yanqui conocido, en efecto, y la dictadura esclerotizada y previsible, también.

Cincuenta años han resquebrajado la salud del Comandante, la salud de él. La dictadura se regenera con carácter hereditario. Todo da igual: los cubanos siguen sufriendo las cartillas de racionamiento, el caballo se mantiene como medio de transporte básico, los artículos más elementales se consideran objetos de lujo, labores de labranza se realizan aún con bueyes tirando de arados, la luz y el agua se cortan con frecuencia, las viviendas son ruinas desvencijadas, los coches cacharros viejos, en las farmacias ni se encuentran aspirinas…

Como bien se refleja en los contactos que establece Xavier Alcalá (en permanente exploración) dentro de la Isla, el cubano ha perdido parcialmente el miedo a hablar. De naturaleza comunicativa, no se priva de compartir comentarios y opiniones sobre el régimen y el Estado que le ha robado la esperanza. Habla para lamentars, pero lo hace sobre la situación en general. A la hora de concretar, le faltan referencias y le sobra orgullo. Admite la precariedad pero, demostrando una lastimosa ignorancia, defiende los logros del sistema educativo, el nivel de la sanidad o la dieta alimenticia. Conserva, como un rictus intelectual, la comparación con el régimen odioso de Batista… ¡50 años después!

La crónica de Xavier Alcalá guarda otros tesoros que conviene descubrir. Entre ellos, el abuelo Remigio, que emigrara a Cuba imitando, como tiempo después hizo mi padre, a tantos otros gallegos que años antes habían cruzado el Atlántico a la búsqueda de lo que faltaba en su tierra. El espíritu del abuelo Remigio vaga por la *Habana Flash* igual que el alma de *meu pai* deambula por estos párrafos. Porque los emigrantes gallegos fueron, sobre todo, imitantes; los unos iban detrás de los otros, con las mismas maletas, los mismos rostros, los mismos barcos. Tal vez sea a través de la imitación como se construye la personalidad de un pueblo. Tal vez a través de la emigración se haya construido la galleguidad.

Marcelino Fernández Mallo
Agosto 2008

Explicatio non petita

(a censores y servicios de información)

En este relato —quizá novela— se usa la figura del "personaje estadístico" ya experimentada en numerosas obras de ficción. No se busque, pues, informante concreto oculto bajo nombre ficticio: quien surja como tal en el texto es producto, en todo caso, de la conjunción de varias (en algún caso, muchas) personas reales.

El viaje pendiente

En la aldea decidí este viaje; en la aldea de mis abuelos y mis vacaciones. Me decidí en la casa familiar, que no es una caserón aldeano con ventanucos excavados en la piedra del muro sino un edificio de cemento caleado de blanco, con ventanas generosas y balcón grande sobre la puerta. A cada lado del balcón hay una palmera y sobre él, en relieve, pintada de azul, una fecha: 1915.

En el año 15 ya estaba consolidada la fortuna del abuelo Remigio, que desde entonces mantuvo vidas intermitentes aquí y en La Habana, cumpliendo siempre como varón por lo que parece, pues al tío Pedro le avisaron de tener medio hermanos cuando anduvo por Cuba revolviendo en cosas del pasado paterno.

La casa que construyó don Remigio mira la ría y contempla, justo en frente, la iglesia y el cementerio que eran referencia principal de los chicos, no por razones religiosas. Están en la otra orilla, encima de una playa mínima y sombría, meta inexcusable para la condición de "ser mayor". Hasta allí había que nadar desde nuestro muelle temiendo la angustia de una decisión en medio de la travesía: seguir o darse la vuelta administrando las fuerzas mermadas.

Algunos tuvimos suerte, porque nos iniciamos sin dificultades. Otros no tuvieron tanta.

A mí, cuando llegué a la playita, exhausto, me vino a buscar en bote el hijo de un "cubano" pescador. A mi hermano Suso no lo fue a buscar nadie y tuvo que dar la vuelta a la ría por tierra, atravesando el pueblo y el puente como un fugitivo para que no lo detuviesen por indecencia, mal vestido como iba apenas con el bañador.

A Manel de la Perica tampoco lo fueron a recoger de la playa y decidió volver a nado. Se ahogó. También era hijo de un cubano de los de aquí, un retornado, que hacía panfletos para los del maquis y huyó al monte con ellos en el 41...

En esta tierra todos tenemos algo de cubanos, de pescadores, de labradores que se metían a pescar, que acabaron pescando entre Cuba, Florida y el Yucatán; que murieron —muchos— en tales singladuras y fueron enterrados en la precariedad de un cayo.

En nuestra comarca siempre se oyeron historias de Cuba, y en mis tiempos de niño también se oían hazañas de los escapados que luchaban contra Franco. En Cuba —cuenta el tío Pedro— vivía hace quince años un hombre que en su bote transportaba desde una banda a otra de la ría a un jefe de la guerrilla muy buscado por los guardias civiles (el enlace remero se salvó, pero vio caer al jefe matando enemigos en lucha desigual).

La casa de ese abuelo mío —paterno— es muy destacada, por la construcción y la fecha. Cerca de ella, para más destaque, está la escuela en la que don Remigio también tuvo participación. Quedan en la memoria popular la Sociedad de

Instrucción que constituyeron los hijos de nuestra parroquia en La Habana, la escuela de la aldea con los alumnos y las banderas de Cuba y España; y la defensa de ese bien de todos que el abuelo hizo cuando llegó la hora de los atropellos falangistas.

Casa y escuela se conservan en buenas condiciones por voluntad de aquel emigrante que sabía valorar sudores propios y ajenos, que supo triunfar en lo que se le pedía a un hombre de su tiempo y su circunstancia; que se arriesgó a defender la propiedad del pueblo en las turbulencias de la guerra civil y la posguerra, sabiendo que podía pagar con su propio patrimonio la oposición a las confiscaciones.

La escuela era un símbolo, el fruto visible de la aventura de emigrar. Y don Remigio, republicano, anticlerical pero conservador (masón para los fascistas), se batió con la palabra en los despachos mientras otros se batían con el fusil en el monte.

El viejo debió de morir contento, paseándose entre los dos edificios que justificaban su existencia, que lo unían a La Habana de sus amores.

Algo de eso se deduce de los escritos que dejó. En ellos relata cómo salió hacia La Habana y la vida que allá tuvo. Lo habían instruido para emigrar y embarcó en Coruña con una promesa de trabajo, comida y cama en almacén de paquetería. La Habana para nuestros mayores no era, como hoy para nosotros, sitio de andar y ver, donde saborear *slogans* que mal caben en otra parte del mundo; donde moverse entre reliquias. Para ellos era la urbe en la que podían aspirar a un buen jornal.

Remigio se preparó en una escuela especializada en las habilidades necesarias para triunfar por las Américas; y, cuando le llegó la hora de marcharse, recibió ajuar de traje y camisas, y le compraron un "baúl-camarote", especial para la navegación, donde había de guardar sus pertenencias durante el tiempo de su aventura sin familia.

El día de la partida su padre le entregó un cinto de lona con treinta y tres monedas de oro, para que lo llevase siempre pegado al cuerpo. La familia se juntó alrededor de un San Antonio en el cuarto mayor de la casa, rezaron un rosario y luego el rapaz —de quince años— se fue abrazando a cada uno, perdonando en silencio todas las diferencias que pudiera haber tenido con abuelos, padres y hermanos.

Después vinieron el viaje a pie, tras la mula que llevaba el baúl; el embarque en "tercera preferente"; las lágrimas incontables de los que con él embarcaban porque en su tierra no tenían lugar.

En los papeles con buena letra, de contable, don Remigio describe un universo de mercaderes, de casas de comercio con olores a madera de estantes y a telas: un hormiguero de negocios por la ciudad grande y linda en que tanto ganaron los españoles acriollados.

La autobiografía de este comerciante ordenado a quien debo mi primer apellido, prosaica, monetaria, siempre me llamó la atención y me incitó a conocer los paisajes en que se forjó la valentía del hombre que se había de enfrentar a curas y funcionarios franquistas para defender la escuela laica de los "cubanos".

Los de la generación de mi padre, todos estudiaron: para maestras, las chicas; para distintas carreras, los varones. Don Remigio entendía que el mejor capital era el guardado en la cabeza, y fue exigente con sus herederos. Ambicionaba poder para la familia en conjunto: quería que sus hijas mereciesen la devoción debida a quien enseña; y sus hijos, el reconocimiento de quien sabe resolver asuntos. A tal objeto, encaminó uno a la abogacía, otro a la arquitectura y el otro a la medicina.

El médico es mi padre, que siempre ejerció en la ciudad-ciudadela de los marinos y los ingenieros, cuna del Caudillo

Invicto. A principios del 54 alquiló piso grande, para vivienda y clínica, en edificio nuevo al que nos trasladamos alborozados. Allí distinguiría yo los acentos del habla cubana. Correspondían a los propietarios del edificio, afinando detalles con sus inquilinos.

Después, mis padres conversaron mucho sobre el asunto, a veces delante de mí y creyendo, como suelen hacer los adultos, que un chiquillo no se da cuenta del significado de lo que ellos hablan.

Pero yo deduje que los dueños de la casa nueva eran matrimonio, sin hijos, ambos naturales de parroquias próximas a la nuestra. La señora había sufrido un "aborto" —palabra interesantísima— en La Habana y se había quedado inútil para tener "descendencia". El señor trabajaba "como un burro" (me lo imaginé tirando de un carro) en una fábrica de cervezas e hizo una fortuna ahorrando...

Nos mudamos de casa. Los cubanos, don Armando y doña Laura, habitaban el piso de abajo y querían ser simpáticos con los pequeños del médico. Nos convidaban a refrescos fabricados con gaseosa guardada en un prodigio técnico por el que se mostraban ufanos, y que a mí me sugería el sagrario donde los curas custodiaban las hostias, aumentado de tamaño.

Aquella especie de armario blanco se llamaba "*frigidaire*". Nuestros padres y sus amigos decían que en Cuba se vivía muy bien; que la gente podía comprar todo tipo de aparatos fabricados en los Estados Unidos. España, mientras tanto, era un desastre. Había que contentarse con fresqueras provistas de tela metálica para detener la insidia de las moscas; y quien quisiera hielo, tenía que ir a comprarlo a la fábrica.

Cuba era cosa seria, según entendíamos los chicos con familia allá, viendo volver a los indianos con coches e inventos como el *frigidaire* de doña Laura.

El año en que ingresamos en el instituto de bachillerato, el padre del mi amigo César se fue a Venezuela; y yo escuché como le decía a mi padre —despidiéndose de él en la calle— que Cuba podía "tener una revolución en cualquier momento". Venezuela era destino mejor para un emigrante.

Después llegaron a nuestras vidas unos años muy apresurados, que se confunden en la mente y obligan a usar enciclopedias, libros de Historia, hemerotecas...

En ellos los rusos aparecen como unos abusones, aplastando bajo las orugas de sus tanques a húngaros o alemanes que intentasen buscar respiro. Los soviéticos eran dueños de vidas y haciendas de todas las personas que habitaran más allá del Telón de Acero. Solo un amigo de mi padre, también médico, se atrevía a defender "la implantación del socialismo" con ayuda del Ejército Rojo. Pero era un señor raro, sobre el que pesaba un manto de misterio: en murmullos peligrosos, alguna vez escuché que era de los que curaban a los "bandoleros" del monte.

También recuerdo cómo se cumplieron las previsiones del padre de César y en Cuba apareció un sujeto simpático y barbado, hijo de gallego, que iba a limpiar el país de desvergüenzas y vasallajes, enfrentándose hasta a los mismísimos yanquis, otros como los rusos, que no querían a nadie levantando cabeza a su alrededor. Aunque, claro, los americanos nos enviaban el queso y la leche a las escuelas e iban a pagar dólares a espuertas por las bases militares, y muchos —como el padre Payton, el del Santo Rosario— eran católicos, mientras que los rusos se habían llevado el oro del Banco de España y mataban a quien intentase ir a la iglesia...

En principio el tal Fidel Castro no era malo. Sin embargo, don Armando, nuestro vecino, no tardó en lamentarse, y hasta a enfermar, por lo que estaba sucediendo en la tierra donde se había dejado la flor de la vida (trabajando como un burro). Doña Laurita cambió de humor, andaba siempre pendiente de conferencias telefónicas con La Habana y, cuando nos pillaba en el portal de la casa a mí y a mis amigos, nos llamaba "piraticas".

Estaríamos en tercero o cuarto de bachillerato cuando volvió una prima de nuestra madre, monja que enseñaba en un colegio de Santiago de Cuba. Dijo que los castristas estaban confiscando todo y expulsando a los religiosos; que tenían conexión directa con Moscú. Concluyó que los partidarios de Castro hacían allí lo que en España habían intentado hacer los rojos.

Por entonces debería de haber sucedido la batalla de la Bahía de Cochinos (nombre muy divertido) y Kennedy me pareció un falso y un abusón porque era presidente de los Estados Unidos y mandaba en la CIA, agencia de infinitos tentáculos, organizadora de la invasión anticastrista.

Pero, si los rusos apoyaban a Fidel..., cuidado con el tipo, chavales. Y lo apoyaban. Ahí estaban los misiles y la tercera guerra mundial, de la que hablábamos en el recreo y hasta en clase...

Pasados bloqueo y desmantelamiento de los cohetes terroríficos, la isla grande del Caribe se convirtió en el blanco constante de conversaciones, de informaciones de periódicos y radio; del No-Do; hasta de la televisión que ya nos llegaba.

"Más se perdió en la guerra de Cuba y volvían cantando" era frase de 1898, viva sesenta años después; pero don Armando, el vecino, perdió todo lo que allí había conseguido y no cantaba. Un día le dio un infarto y falleció. Supongo que a muchos "confiscados" como él les pasaría algo semejante.

El abuelo Remigio murió también por aquellos tiempos (debía yo de cursar preuniversitario); se fue con la cabeza en buen funcionamiento. Despidiéndose —que ya barruntaba el fin—, se puso a revolver en su pasado y caía en las memorias de La Habana con frecuencia. Partiendo de ellas hacía razonamientos frente a la nueva situación.

Sentenció, por ejemplo, que los revolucionarios de Fidel "habían tocado en lo sagrado" y, por tanto, no podrían durar en el poder.

Con "sagrado" se refería a la propiedad individual, pero —como se sabe— erró en su vaticinio sobre la permanencia de la Revolución Castrista.

Superado el bachillerato, descreímos de toda creencia. No hace falta explicar lo que representaron el Ché Guevara y Fidel Castro para los que estrenamos mayoría de edad en el 68; lo que siguieron representando del 68 al 74, año de la Revolución de los Claveles en las bocas de fuego de los fusiles portugueses, ahí tan próximos, inmediatos. Ni cómo seguimos valorando los mitos del comandante muerto en Bolivia y del comandante vivo en Cuba a partir del 75, cuando se apagó en España la luz del tirano *Cerillita* (apodo con origen en su ciudad natal), desangrado a pesar de iniciativas del yerno cirujano que le había caído en suerte.

Libres ya para viajar, descubrimos las Iberoaméricas del pobrerío infinito, de los generales, de los seres desaparecidos por intentar llamar la atención del mundo sobre cuanto era realidad y no se podía resolver sin trauma, sin subversión.

Yendo a cualquier congreso universitario, me encontré a José Manuel Dasilva en un lugar de novela de Graham Greene, el aeropuerto General Stroessner (¿qué otro nombre le cabía?) de Asunción. Mi amigo, zootécnico en misión de la FAO por esos inframundos, me hizo una confesión:

—Me da lo mismo el país por el que ande. Cuando llevo quince días aquí, o metralleta o avión... y, hasta hoy, vengo optando por coger vuelo.

Estábamos de acuerdo. Yo estaba de acuerdo y se lo contaba a mi mujer, que algo sabía de "villas-miseria" en la tierra de emigración de los suyos, la Argentina increíblemente rica y desangrada.

Cuba era el baluarte. Cuba representaba la resistencia al poderoso que está ahí, puerta con puerta. Le debía quedar claro al mundo que, hasta atacando la propiedad privada (reprimiendo los derechos de la hormiga propietaria a engañarse cada día con una pequeña ambición), se podía hacer lo fundamental: transmitirle al pueblo conciencia del ser diferente, orgullo de lo propio; y basar la transmisión de esa conciencia en la escuela.

¿Qué habían hecho nuestros mayores de las sociedades de instrucción de Cuba? Construir y mantener escuelas laicas en Galicia, con máquinas de escribir y de coser y otros artefactos de la modernidad. ¿Qué hacían Fidel y su partido? Romper con la ignorancia generalizada de los cubanos. Alfabetizar. Redimir a un pueblo.

Llegaban noticias de que en la Cuba castrista había alimentación y vestido justos, a pesar del bloqueo; que la educación y la medicina alcanzaban niveles de país desarrollado.

Que gritasen, entonces, los evadidos a Miami...

Pero también había disidentes en el interior.

¿Y cómo no los iba a haber? A nadie le gusta vivir en el sacrificio continuo; y menos cuando se está tan cerca del espejismo, del *"everything is free in America"* de los coros de *West Side Story*.

El correr de la vida a mí nunca me concedía el tiempo necesario para, al menos, ver La Habana de todos.

Vivía de noticias. Creía que, en verdad, los cubanos avanzaban de acuerdo con sus líderes; que exportaban lo más valioso, el conocimiento, a países necesitados.

Pero me llamó mucho la atención una conversación larga, también de aeropuerto, con Avelino Nogueira. Fue en Madrid, en la zona de salidas internacionales de Barajas. El iba a Cabo Verde y yo a Estados Unidos.

Avelino, ingeniero industrial, trabajaba en la OIT y llevaba un buen trecho de su vida profesional dedicado a la formación de técnicos en el tercer mundo. Hacía tiempo que no nos habíamos visto y, ya que él iba a estar conmigo un rato, decidí exprimirlo, informarme de sus experiencias por el mundo de las gentes oscuras, atrasadas.

En la charla de Barajas los cubanos aparecieron por Angola dando protección en la selva a los angoleños de la facción amiga, que cortaban árboles de madera preciosa o desenterraban —apenas con azadón— diamantes. La breña donde ahora se hacían héroes los castristas era muy rica. Por ello, en tierra originaria de esclavos destinados a Cuba se pagaba tan cara la ayuda de los militares que llegaban de la isla.

Hablando y fumando, después aparecerían los cooperantes de Castro por Nicaragua, "país de juguete, divertidísimo", donde Avelino vivió el somozismo y el sandinismo.

A Nicaragua —dijo— llegaron muchos asesores de países socialistas. En materia de educación, los había cubanos, teóricamente ingenieros pero, en la práctica, apenas operarios incapaces de transmitir algo más allá de conocimientos anticuados, basados en maquinaria atrasadísima de procedencia soviética. Los cubanos nada aportaban a la misión formativa, sencillamente porque el avance tecnológico no perdona.

Entre cientos de asesores cubanos —siguió Avelino— había un mulato de apellido claramente castellano que se empeñaba en declararse "gallego" porque su padre era de Cádiz. El tipo era simpático y se hizo amigo de Nogueira, a punto de confesarle su intención de pasarse a "la libertad": Costa Rica. Aseguró que no le dolían tanto las penurias materiales de la isla bloqueada como tener que soportar propaganda sin poderse revolver criticando.

Avelino se ofreció a pasarlo por la frontera en su coche de matrícula diplomática. El mulato imposiblemente gallego solo tenía que encogerse en el maletero, y adiós al socialismo.

Pero nunca alcanzaron Costa Rica juntos. Ni nunca más Nogueira volvió a ver a aquel mozo cubano.

Los sabuesos duros de la seguridad del estado sandinista eran búlgaros, eslavos rubios y grandullones, que se mantenían ocultos en sus coches para evitar ser distinguidos fácilmente en país de castas menudas y morenas.

Esos cancerberos trabajaban finamente para un sistema que no permitía vacilaciones. Ellos hicieron desaparecer a cuantos cubanos se arrimaban demasiado a lo prohibido, a docenas de desafectos, entre quienes se contaba al amigo de Avelino.

En la vida nada es exactamente según se cuenta, ni siquiera según se ve. Por eso yo, junto a muchos de mi quinta, seguí teniendo devoción por el comandante del uniforme verde y sus tropas de cortadores de caña para la supervivencia nacional.

Fidel largaba discursos como torrentes, arrasadores como agua que baja de las montañas. Ante él desfilaba un ejército popular dispuesto a dar su vida por la Revolución; y después venían las organizaciones de civiles militarizados, instruidos en la idea de "socialismo o muerte".

Cuando Castro viajó a Compostela, recibí invitación para irlo a ver al convento de San Francisco. Se lo dije a Inés —mi mujer— y ella combinó todo lo necesario para que no perdiésemos la ocasión de estrechar la mano del Gran Timonel hijo de gallego.

Anduvo Castro por Galicia y todos lo arropamos; vivió el fervor popular. Quizá los gallegos quisiesen devolverle a Cuba, representada por su Jefe Supremo, cuanto le debían.

Hablando de deber, alguien me había advertido de que el régimen cubano le adeudaba cantidades impagables a Galicia, empezando por el edificio del Centro Gallego de La Habana, obra magna de nuestra emigración.

Daba lo mismo. La gente aplaudía al hombre corpulento vestido de militar. En el convento de San Francisco le dimos la mano (blanda, decepcionante) y celebramos su prédica.

Hubo emoción y periodistas. En el sarao, entre copas, mi amigo Fuco Castelo me contó un detalle curioso: en un determinado momento los chicos de los medios de comunicación se lanzaron sobre Fidel, ignorando a su anfitrión, el presidente de la Xunta de Galicia. Fuco, que no se sabe callar a tiempo, vio a don Manuel Fraga abandonado y se le acercó con un comentario:

—Este sí que es un convidado eclipsante, señor Presidente.

A lo que Fraga, divertido, respondió:

—Para eso lo trajimos.

Fidel. Mucho Fidel. En esa recepción, Inés y yo nos emplazamos para un viaje a La Habana de Hemingway. Fuco Castelo y su mujer dijeron algo parecido. Había que ir al Lagarto Verde.

Pero no fuimos. Los derroteros seguirían siendo otros.

En un diciembre austral sofocante, coincidimos Fuco Castelo y yo por Buenos Aires. Él volvía de un viaje al Chubut, asombrado por la grandeza de los "paisajes eternos" que Darwin descubriera en la Patagonia.

Juntos, fuimos a una cena en el Club Español. En nuestra mesa encontramos al nuevo cónsul general de España, Santiago García-Durán, quien venía de ejercer en La Habana varios años.

Pronto, con otro comensal, Santiago abrió conversación que silenció a los demás. Era un cruce de alabanzas a Cuba, un florilegio tal que Fuco protestó: ¿qué le interesaba a España de una isla folclórica del Caribe en comparación con las inmensidades riquísimas y continentales de la Argentina?

Santiago respondió rotundo: ver las cosas en términos económicos era miopía; Cuba importaba porque hasta fines del siglo XIX fue una provincia española, porque todavía quedaban muchos cubanos de origen nacidos legalmente españoles. Sin embargo, la Argentina era república independiente desde comienzos del siglo de las emancipaciones.

Cierto, una razón más para ir y ver: la españolidad, las habaneras,

Cuando a La Habana llegue,
paloma mía, te escribiré.

Una razón más, y poderosa, para quien —como yo— se había criado en una comarca donde La Habana era más nombrada, más necesaria que Madrid, Barcelona o Lisboa, capitales inmediatas, sumideros masivos de nuestra gente.

Todo me obligaba, e Inés insistía. Hasta que, una noche destemplada y nostalgiosa, decidimos cuándo dejar a los chavales solos y marcharnos a los calores del subtrópico americano.

Sería nuestra primera inmersión. Iríamos a La Habana y a Varadero. A la capital solo de aterrizaje, solamente a ver y oler. Y al lugar de las playas de los ricos prerrevolucionarios porque el cuerpo les pide agua caliente a los condenados a bañarse en las rías gallegas, frías a pesar de la cálida Corriente del Golfo que las visita.

Pasando por Lisboa

A Cuba no se va como —por ejemplo— a Brasil, comprando billete y esperando que a uno le miren el pasaporte al llegar, sin más.

No. Se va de manera organizada: antes de nada, hay que mandar fotocopia del pasaporte a la compañía de viajes escogida para que tramite el visado de entrada en la isla, por lo que se paga en el consulado.

Con los billetes y los cupones de los hoteles se recibe el papel consular y la recomendación de llevar dólares cambiados, cambio menudo, para ir pagando allí.

Porque allí hay dos sistemas económicos: el que funciona sobre el signo monetario propio y el que se nutre de la moneda del enemigo represor. El dólar maléfico es la convención aceptada para pagar en todo el mundo de tercera. También en Cuba.

Oficialmente —avisan— no hay correspondencia entre dólar y peso, aunque en la calle se cambie el uno por el otro en relación de unidad yanqui por veinte o veinticinco de las cubanas.

Para más complicar la vida de quien no entiende de cosas de la moneda, existe —continúan avisando— un "peso convertible", en paridad con el dólar y aceptable sin desconfianza, porque los sobrantes de él se le convertirán al viajero obligatoriamente en billetes verdes del banco nacional de los Estados Unidos... [1]

No cogemos el avión y ya comienzan las curiosidades, incluso siniestras como la de esa moneda reversible. Así se lo digo a Inés, que se encoge de hombros (quizá porque tamaña distorsión le parezca linda y revolucionaria).

Provistos de dólares, con la ropa justa, aparecemos en el aeropuerto de Santiago de Compostela para encontrarnos con la representante de la empresa de turismo cubana que "se va a hacer cargo de nosotros" en la isla, lo cual vuelve a sonar romántico, propio de país bravo, donde la gente no debe moverse sola.

Hacemos los trámites de embarque, nos disponemos a esperar y veo cumplirse mi predicción no expresada: de

Compostela a La Habana con escala en Lisboa —llegué a pensar— necesariamente habría que encontrar a conocidos.

Dicho y hecho. Vemos aparecer a Rafael con unos hijos mozalbetes y un montón de bultos, paquetes de gran tamaño y poco peso en relación al volumen, que van arrimando al mostrador de facturación. Fácil de palabra, compañero de antiguos viajes —al Japón, al Cono Sur, por Europa—, Rafa ofrece tabaco y revela el contenido de los paquetones (por los que va a pagar un sobrecargo espantoso):

—Medicamentos y productos de higiene personal. Una caja de las mayores es todo de *dodotis* grandes, pañales para viejos de un asilo.

El método de este personaje popular, representante electo del pueblo, es sencillo. Se dedica a "darles el asalto" a médicos y farmacéuticos de la villa que rige:

—Paso unos meses recolectando, compruebo caducidades y tomo el avión. A nosotros nos sobra de todo. Allí no tienen de nada.

Cierto. Galicia se avejenta, muere, decae porque no tenemos hijos para reponer población. Pero al menos nuestros mayores llegan a su fin sin llagas, con aseo, en casa, en la residencia o en el hospital.

La diáspora, mientras, camina indecentemente hacia el cementerio y por eso estamos de acuerdo en la ayuda a los que emigraron...

Vamos andando hacia la zona de espera cuando aparecen Fuco Castelo y Mananxo, los dos con barbas y ropa de anuncio de *Camel Trophy*. Juntos, los asocio a nuestra infancia, a la adolescencia, a una foto en aquella playita marcada por una iglesia al otro lado de la ría, imagen cincelada en la memoria de los emigrantes de nuestra parroquia.

Fuco, *rara avis* como yo, a caballo entre las Ciencias y las Letras, va a La Habana en misión cultural.

—Voy a echar un discurso al Centro Gallego —anuncia—
... y sepa Dios quién me lo entienda.

Va a hablar de nuestros antepasados medievales. En esta ocasión —nos explica— la prédica ha de ser neutra, sin mucho revolver en la identidad verdadera de los gallegos, en su relación con Portugal.

—En Cuba hay que ser españolistas —añade Mananxo cargado de sorna—. Allí no valen todos los movimientos de liberación. Solo algunos. Los cubanos fueron nacionalistas y separatistas, hicieron una guerra del carajo contra Madrid, pero eso no vale para el País Vasco, y mucho menos para Galicia.

—Me huele a que en Cuba todo es muy complicado —comento yo.

—En Cuba todo es muy sencillo —Rafa se ríe de nosotros. Guiña un ojo, quizá por el humo, y, retomando la charla que mantenía con Inés, pasa a contarnos la historia de unos abuelos suyos catalanes, de aquellos que se arrimaron al olor de la sardina en la ría de Muros.

Corren las cervezas. Mi mujer sondea a Mananxo y acabamos sabiendo que va a residir en La Habana en el apartamento de una amiga.

—No cambias, Mananxiño... —observa Inés y hay un hiato. Fuco, Rafa y sus hijos no saben por qué. Yo sí. En los ojos mansos de Inés hay tristeza de secretos femeninos: es amiga de la novia eterna de este visitador de alcobas.

—Dije que voy a estar en el hotel del Fuco, para que la policía no pregunte —me sorprendo con lo que dice Mananxo y Rafa sonríe sin explicar el gesto. Mananxo sigue ampliando información—: Voy de paso. En vivo, no me gusta nada esa historia del castrismo... Después voy a Nicaragua, a la casa de Manolo. Voy allí todos los años.

Nicaragua. Me acuerdo de lo que me contó Nogueira: ¿cómo desaparecerían —físicamente— los cubanos secuestrados por los búlgaros? El mundo está lleno de osamentas ignotas... Nicaragua tiene que ser algo como una Cuba *light and soft*. Ese Manolo amigo del Mananxo y otros abogados laboralistas, cuando se les acabó la razón para la militancia en España, se embarcaron con los adoradores de Sandino.

Consumido el general Cerillita como un fósforo, acabaron las Comisiones clandestinas y el Tribunal de Orden Público, y los obreros llegaron a ser gente con derecho a sindicato. Entonces los laboralistas se aburrían, pero tuvieron la suerte de que a los yanquis se les descontrolase una república de esas que aparecen en los mapas ignorados por ellos.

Un grupo de abogados españoles diseñó legislación para los sandinistas; porque los abogados diseñan leyes como mis colegas y yo diseñamos programas de paralelización computacional. Se diseñan las leyes, se modifican las reglas de juego, se fuerzan cambios en los modos de vida de la gente...

"Cubana de Aviación anuncia la salida de su vuelo...".

Se nos acercan unos muchachos morenos de pelo relamido. Parecen "niños bien" españoles. Pero hablan acubanadamente. Le piden a Inés, melosos, que les lleve una bolsa a La Habana. Yo intento resistirme. Pero insisten y, para demostrar la inocencia de la petición, sacan de la bolsa un contenido mixto: bragas, sujetadores, desodorante en barra y aerosol, un atado de sobres...

—Llevádselo, o se lo llevamos nosotros —interviene Rafa—. Cuando lleguéis al hotel, habrá alguien esperándoos.

—Está bien —consiento, y meto la bolsa en mi bolsón. Doy el nombre del hotel y nuestro nombre. Los chicos, educados, se deshacen en agradecimientos.

Avanzamos. Subimos a un avión del que disfrutarían mis hijos, porque es ruso, diferente, sospechosísimo: repintado, sin que pueda ocultar herrumbre en los tornillos de las alas. Dentro, los espacios son amplios, los asientos andan como Dios quiso; todo está gastado, envejecido, los plásticos resecos, al límite de la vida útil. Le callo a Inés lo que pienso: que ojalá esta estructura bastísima sea capaz de soportar las tensiones del próximo vuelo sobre turbulencias del Atlántico. Si lo sé —si lo llego a pensar mejor—, salgo de Madrid en un avión de Iberia estadísticamente fiable.

Pero ya estamos a bordo y, si fui capaz de volar en avioneta sobre selvas de Paraguay y Brasil... Nunca pasa nada. Y más aún: si desapareciéramos los presentes, la Tierra no lo sentiría; y menos el Universo. Tenemos la manía estúpida de creer que existimos pero es mentira. Mataron a Kennedy, verdadero vicario de Dios en el mundo entonces, y la Tierra siguió girando...

De Santiago a Lisboa, la gran ría de Vigo, una línea de playas bravas, Oporto, la ciudad del río rehundido y los puentes altos... El verdor se empardece al sur del río Mondego; del pino al olivo decimos adiós a la *Gallaecia* de los romanos. Atrás quedó la Bairrada, tierra del lechón y el vino.

Lisboa (*"não sejas francesa: tu és portuguesa, tu és só pra nós"*, como dice el fado) se tiende, color de carne, a la orilla del amplio Tajo de las Españas. Bandera verde y roja. En Lisboa desembarcamos y bebemos café carísimo. Rafael y Fuco se meten a analizar algo en lo que yo no me había fijado: en cómo el gobierno de Castro fue dejando que los intereses internacionales le complicasen el embargo histórico a los yanquis. Los canadienses explotan el escaso petróleo cubano, y el níquel abundantísimo en la isla [2]. Los franceses andan también con los metales. Italianos y españoles pujan por el turismo, negocio principal en el Caribe exuberante.

—Ni ley Helms-Burton ni la madre que la parió —Fuco se pasa una mano por el pelo cepillado, canoso, para resumir—: De un lado, Canadá, socio principal del acuerdo de libre comercio norteamericano, defendiendo pozos de petróleo y níquel; del otro, los europeos haciendo causa común y comunitaria.

—Que se fastidien los yanquis —se mete por medio mi mujer—. Bien que se hartaron de aplastar a todo cristo. Son un país de fascistas puritanos —y se pone a entonar el *National Anthem* con una mano sobre el corazón.

—Cállate, roja —manda Mananxo pasándole un porro, y aprovecha silencios de inhalación para seguir con las hipótesis.

Su teoría es que los jefes de Yanquilandia son los tipos más inteligentes y previsores del mundo. Tienen todo calculado. Por ejemplo, calculan que Cuba tiene la mayor cantidad de conocimiento útil *per capita* de Iberoamérica.

Los de Washington vieron cómo para cortar las mareas humanas solo caben actuaciones demasiado feas hacia la galería. No quieren que la inestabilidad socio-política de todo ese basurero de *South American countries* les estropee su sistema pero, para que dejen de invadirlos mestizos morenos y bajitos, tampoco van a lanzar bombas biológicas en Méjico o en Puerto Rico, o en el Salvador.

Los pueblos del *backyard* de América (la única) se las tienen que arreglar por su cuenta. Hay que ayudarlos para que se civilicen, para que equilibren la producción de gente con la capacidad de automantenerse dignamente. Y ellos, los gringos, no pueden intervenir. Por gringos.

Más allá del Río Grande, del Caribe para abajo, un español puede ser un "gallego de mierda" o —si quien lo soporta sabe algo de historia— un "godo". Pero nunca será un gringo, porque se le supone el dominio del principal instrumento dominador: la lengua de Nebrija, la de las leyes y el catecismo.

Los cubanos son castellanoparlantes con gracia, y fueron educados por los rusos, y por los checos, y por los alemanes del Este. Son perfectos intermediarios culturales entre civilizados e indios, entre yanquis y *Latin Americans*.

Hay que arreglarse con ellos.

¿Y quiénes son los mediadores entre yanquis y caribeños aprendidos?

Los españoles, que estudian cosas avanzadas aunque dejen inventar a otros, y que siempre miraron a Cuba como algo suyo (tanto que hasta don Paquiño del Pardo y Meirás, paseante bajo católico palio, mantuvo relaciones aceptables con el anticristo barbudo).

Gringos, godos y latinos. Por eso Ronie el Actor llamó a Felipe el Encantador y le dijo (con intérprete, que el sevillano solo habla francés clandestino) que fuera amañando el asunto castrista si quería arreglo en las chapuzas de la OTAN y silencio de la CIA sobre las manganchas de la financiación del partido.

Entonces Al Mutamid (Felipe) II llamó a don Manuel I de Galicia y a don Cándido Telefónico (antes Tabacalero) y comenzó el baile. Esos —Manuel Fraga y Cándido Velázquez— son los verdaderos mediadores.

Bonita teoría, la de Inés, terminada cuando el altavoz ya nos reclamaba y Mananxo le daba la última chupada a la colilla del porro, avaramente, quemándose los dedos.

Fuimos embarcando entre mayoría de portugueses excursionistas y alguno más que no me pareció viajar sin rumbo. Nos dieron una comidilla pobre. Los portugueses refunfuñaban. La mujer de un vecino, arrastrando cierto rencor en las palabras, le recordaba la ocasión perdida de haber viajado en la Varig a las playas del Ceará brasileño.

Varig, *Viação Aérea Riograndense*, pocos saben el nombre entero. Rio Grande do Sul, patria de los gauchos, de Érico Veríssimo, de Vargas el dictador... Memorias de pampa con palmeras y viento...

El retrete del Iliushin en que volábamos era prueba —maloliente y oxidada— del desastre soviético. No sé cómo están vivos los rusos, bebiendo el veneno que le meten al hígado, evacuando en las pocilgas donde se encierran, envolviendo los cortes de carne en el pedazo de *Pravda* viejo que trajeron de casa...

Inés leía un estupor de biografía feminista, My mother's tender childhood o algo así. Yo releí las notas de lo que estaba preparando para los de la Confederación Intersindical, parte de la biografía del anarquista —de Ferrol, como Franco— que montó las huelgas revolucionarias de la Patagonia.

Impresiona la credulidad de los anarquistas, en la revolución de la Patagonia, en la guerra civil española, en la posguerra. Yo nunca podría haber sido anarquista, por mi condición de físico, matemático, cartesiano. Ni comunista, porque leí de muy pequeño *Animal Farm*...

Anduve en estas reflexiones y acabé aceptando un cigarro SG corto del portugués vecino de asiento, que mostraba ganas de hablar.

Hablamos. Le conté que yo era de una zona vinculada desde siempre a Cuba, y que había vivido en Portugal durante el *fim da macacada* salazarista. Me contó que para él Cuba era un deber de hombre convencido. Ahora podía ir a la isla e iba; necesitaba ver un monumento a la lucha popular contra el imperialismo.

Comprendí. Lamentaba no poder ayudarlo en su búsqueda porque (le mentí) no tenía relaciones en Cuba. La conversación volvió a mis tiempos de callejear por Lisboa y casi nos abrazamos, emocionados, al recordar aquellas plúmbeas *Conversas em Família* del presidente Marcelo Caetano en la televisión: paternal y fúnebre, en blanco y negro, proclamando que "*Portugal não é um país europeu, mas Atlántico y um sonho de caravelas*".

¡Un sueño de carabelas! Qué saudades de tiempos peores, de la PIDE, de la *Legião Portuguesa*, de la *Fundação Nacional para a Alegria no Trabalho*, de juventud. Rebuscamos alguna relación de época común y lisboeta y llegamos a identificar —con dudas— a un colega mío y conocido suyo que murió en Mozambique, en la guerra cansadora que abriría las puertas a la democracia en Portugal.

Tras las efusiones (y las miradas críticas de nuestras mujeres, que querían leer), callamos. Respetamos nuestros silencios. Me pesaban los párpados; entre recuerdos de la gran capital del Tajo, me fui durmiendo mientras recordaba un párrafo de los papeles de mi abuelo Remigio, de quien debí de heredar el amor por la escritura.

"El lugar en que uno nació no se puede olvidar —escribió en el trastierro de La Habana—. Tiene una atracción que nos domina toda la vida. Uno es siempre de donde nació, por mucho éxito que tenga en el mundo, por mucho que la fortuna y sus codicias inmediatas le impidan recordarlo".

Cuando me desperté, fui a charlar con Fuco Castelo, que leía una fotocopia de cualquier documento lleno de retratos.

Me explicó que un amigo le había traído algo asombroso, un *portfolio* (así nombrado, al estilo inglés) de ilustraciones fotográficas de Galicia mandado hacer por el Centro Gallego de La Habana a comienzos del siglo XX. Eran más de trescientas instantáneas.

—Una virguería antropológica y geográfica —la calificó.

La página que teníamos delante convidaba a leer:

LOS GALLEGOS EN LA HABANA

La población en Galicia es de antiguo numerosa, y desde los albores de la Edad Moderna cuenta en las principales ciudades de España y Portugal, y en la mayoría de las regiones hispano-americanas, con importantes núcleos que aumentan y se renuevan sin cesar. En la Edad Media, el exceso de población gallega sirvió para repoblar ciudades y villas conquistadas a los moros y, desde el descubrimiento de América, allá se dirigen en busca de fortuna miles y miles de gallegos. Otra corriente, también caudalosa, encamínase constantemente a Portugal, Madrid, Barcelona, Bilbao y provincias andaluzas, y es maravilla que estas dos abundantes y seculares sangrías no disminuyan un ápice el número de habitantes de esta fecundísima tierra gallega, circunstancia que parece justificar la necesidad de la emigración...

—Mira lo que dicen del exceso de habitantes —no pude reprimir el inciso—. Pero vinieron los anovulatorios y se acabó la producción.

Fuco asintió y seguimos leyendo acerca del Centro Gallego de La Habana, que había encargado el *Portfolio* en 1904.

Diez mil gallegos allí asociados, con solo pagar peso y medio de cuota mensual, han logrado en pocos años adquirir un magnífico palacio en que los hijos de los socios reciben múltiples enseñanzas encomendadas a numerosos y competentísimos profesores, sin perjuicio de celebrarse en él espléndidas fiestas y lucidos bailes que sirven de solaz a los asociados y a sus familias. Este CENTRO GALLEGO costea, además, el pasaje de repatriación a aquellos de sus socios que, no abundosos en bienes de fortuna, necesitan, para restablecer su salud, respirar los aires de la tierra nativa. La propiedad del CENTRO GALLEGO está tasada en más de 2.000.000 de pesetas y conocido es su valiente y, por desgracia, frustrado proyecto de adquirir por 2.500.000 el Teatro Tacón. Sus ingresos anuales ascienden por todos los conceptos a 1.000.000 de pesetas, con lo que atiende a gastos ordinarios y a la conservación, mejora y aumento de su propiedad. Con el sobrante, honrada y inteligentemente administrado, logró adquirir una suntuosa y pintoresca Villa con varias dependencias y hermosos jardines, que ha transformado en sanatorio —La Benéfica—, en cuyo sostenimiento invierte anualmente 500.000 pesetas...

—El discurso que largas es el de la Patria Gallega, el día 25, ¿no? —le interrumpí la lectura a Fuco.
—Sí.
—¿Y a qué hora hablas?
—No sé todavía. Me van a venir a buscar los del Centro al aeropuerto. Les preguntamos. Si me venís a escuchar Inés y tú, ya tengo público.
—Alguien más irá, hombre.
—No sé. Los de la Secretaría General me dijeron que esto no es nuestro Buenos Aires...

Volamos siguiendo el sol, sobre un mar que a veces se ve añil y a veces azul claro. Cuando los relojes ya indican que nos estamos acercando a la isla, se empiezan a ver manchas de arena alba, invitadora, caprichos de formas curvas. Son bajíos del Caribe que llevan la imaginación a incontables desastres de naves arrastradas contra ellos por el huracán.

Cuba fue un baluarte, la puerta de las Américas, la referencia de la codicia loca que mantenía el imperio siempre decadente de los Austrias y los Borbones. Estaban muy locos aquellos depredadores de oro mejicano y peruano, se atrevían a navegar por mares pérfidos, en armazones de madera pobremente encajada, mal cubierta de tablas...

Más locos estamos nosotros, metidos en máquinas de volar, porque, si el mar no es nuestro medio, menos aún lo es el aire.

El Iliushin desvencijado va llegando a destino. Poco a poco desciende sobre un paisaje de verde grisáceo, sin esplendores, que no recuerda a las selvas del trópico.

Nos anuncian que volamos sobre La Habana, distrito grande y de población dispersa en mayor parte, poco a poco concentrada sobre la línea del mar, al norte de la isla...

Aterrizamos. Se abren las puertas y entra una vaharada de calor suave con olor a *nafta*. Todos los que habíamos viajado por la Argentina estamos de acuerdo en la coincidencia de olores, que se deberán a la composición de los crudos de petróleo y al refino.

El edificio del aeropuerto presenta síntomas de descuido en la estructura y en los aditamentos de comunicaciones. Fuco Castelo, con vista de ingeniero del ramo, observa cables y antenas que requerirían muchos arreglos.

Avanzamos en grupo sobre el calor negro de la pista hacia los trámites de policía. Gente de piel oscura y traje leve nos observa desde una terraza. Sujetos de varios tipos de uniforme, delgados, pululan alrededor de los viajeros.

Entramos en un respiro de aire acondicionado. Se forman filas delante de los funcionarios que revisan los pasaportes. Cuando me llega el turno, un oficial adusto, seriísimo, pasa y vuelve a pasar páginas de mi documento de identidad europeo bajo un mostrador que me impide ver lo que hace. Oyendo la manipulación, imagino que investiga mi personalidad por el *curriculum* de viajero.

—¿Ocupación? —pregunta.
—Profesor de universidad —le respondo.

Otros compañeros de vuelo van superando el control de los sabuesos que les cayeron en suerte, pero este no me deja pasar. Sorprendo un gesto de inquietud en los ojos grandes y castaños de Inés. A mí no me gusta el caso, tampoco. Odio los escrutinios, son una pésima bienvenida.

Y todavía falta lo más sorprendente. El hombre con traje de campaña levanta la mirada hacia mí y ordena:

—Quítese los espejuelos.

No entiendo. Pregunto:

—¿Cómo dice?

—Que se quite los lentes.

Me quito las gafas oscuras. Entonces el tipo me encara, garabatea algo y deja caer un sello con ruido.

No me gustó, nada. De veras.

A Inés no la detiene, sin embargo, y nos dirigimos a recoger los equipajes. Rui, el compañero de conversación antisalazarista, está aguardando por mí, para despedirse. Tiene contratado un tour de memorias revolucionarias que empieza enseguida. Quedamos cortésmente en intercambiar impresiones a la vuelta, en nuestras tierras.

Hecho el trámite de maletas y bolsos, vemos a una moza con un cartel de la empresa que nos organizó el viaje. Nos indica una furgoneta en la acera. Yo me acuerdo de Fuco, y de los tipos del Centro Gallego que lo venían a esperar. Allí están un señor delgado, pálido, dignísimo, con guayabera; un hombre fuerte de mirada clara con un puro apagado en la boca, camisa de listas y zapatos brillantes, y otro sujeto de apariencia menos destacada.

El del puro sin fuego, Gerardo, tiene apellidos de mi tribu marinera. No puedo evitar decirle de quién soy hijo y nieto y de inmediato nos vemos enredados, hablando y hablando. Mientras charlamos, voy mirando de reojo, voy oliendo, oyendo. Hay árboles con flores, palmeras, aromas de vegetación rica mezclados con olores de gasolina que se quemó mal. Un calor pegajoso hace aflorar gotas mínimas en todos los poros de la piel. El recuerdo de experiencias anteriores me sugiere Paraguay.

Hablamos mientras la gente se distribuye con sus bultos por coches de todas las edades y condiciones. Aparece Rafael a disculparse con Gerardo, porque no le pudo traer de Galicia las pinturas para el escudo del Centro Gallego; y vuelve adentro de la terminal en busca de sus paquetones de remedios.

La moza de la agencia de viajes nos urge para que la acompañemos a la furgoneta pero yo quiero seguir la conversación con este Gerardo, personaje peculiar: cubano que habla gallego con la seguridad de quien lo mamó, que muestra su enfado porque el escudo de la tierra de sus ancestros desapareciese bajo una uniformizante capa de pintura de interiores [3].

Llegamos a un acuerdo. Mananxo, que no tiene medio de transporte, ocupará mi lugar en la furgoneta, junto a Inés. Les pregunto a los gallegos del Centro si la marihuana está prohibida en el país y me miran con cara de espanto para dar informaciones serias sobre cómo se reprime la drogadicción. Inés pide disculpas por mi "chiquillada" y empuja a Mananxo por la mochila.

En Cuba, acabo por aprender, hay dos castas de degenerados imperdonables: *mariguaneros* y *palmoliveros* (estos últimos, los que se emborrachan con cualquier cosa, hasta con alcohol de quemar).

Los del Centro, Fuco y yo entramos en un Citröen BX que parece un instrumento de delirio modernista en medio de *carros* americanos prerrevolucionarios y coches rusos, llenos de óxido y arrugas, faltos de intermitentes y faros, algo así como resucitados de un depósito de chatarra, cadáveres mecánicos ambulantes.

Los gallegos están contentos con su auto:

—Nos lo mandó la Xunta —explica Gerardo. Fuco quiere saber quién mantiene máquina tan sofisticada, con suspensión hidroneumática, y Gerardo, quitándose el puro de la boca, da pistas para el caso—: Los franceses mandaron para acá una remesa de ambulancias Citröen, y hay un mecánico que entiende de esto.

Del aeropuerto José Martí (estos *latinos* son terribles, le dan nombre de mártir o de dictador hasta a los aeropuertos) vamos avanzando por una carretera amplia y estropeada, con casetas y casas sin pintar, con fábricas que precisan renovar pintura, cristales, ventiladores; que inducen a sospechas serias de no estar en funcionamiento.

Don Jesús, el señor mayor de habla criolla y delicada, indica algo de las carencias de materias primas y energía, que dificultan extremamente la producción industrial.

Paralelos a nosotros circulan bicicletas con una, dos y hasta tres personas; carritos con caballejos desnutridos, degenerados

por el calor y el bicherío; camiones-reliquia, rotos, descoyuntados, pedorreteando humos de combustión incompleta.

Fuco me roba la pregunta:

—¿Cuánto petróleo se produce en Cuba?

—Un treinta y cinco por ciento del que se consume —informan los acompañantes.

—Pues la mitad se lanza al aire sin quemar —comenta mi amigo—. Vehículos tan viejos han de andar todos desapro-

vechando el combustible... La desgracia de los países atrasados es que, por no tener para la renovación de las máquinas, consumen lo que los ricos ahorran.

Silencio. La vista es africana: negros medio desnudos, palmeras, edificios descascarados, vehículos de toda casta cayéndose a pedazos, camiones con remolques amañados para transportar gente donde debían acarrear ganado. Un Chevrolet de los 50, *haiga* de sueños de mi infancia, lleva los intermitentes traseros de varios colores. Tiene algo de verbena sobre ruedas.

Esperemos que en la ciudad las cosas no sean así.

Y algo mejoran. Hay avenidas y arboledas, edificios de piedra que albergan instituciones importantes. Los *slogans* son deliciosos, enormes: "Proletarios del mundo, uníos... En la guerra y en la paz mantendremos las comunicaciones...".

Hablamos del discurso de Fuco (Francisco) Castelo. Va ser en el "Día de Galicia" —dicen los del Centro— a las cinco de la tarde, y habrá otras intervenciones, de cantantes y de grupo de danza gallega. Para que se le entienda, es mejor que hable castellano (el conferenciante tuerce el morro y calla).

Ya estamos a la altura del Centro Gallego y pido parar, por favor. Quiero que mis ojos se llenen con la realidad transfundida en la foto mayor del salón de la casa de don Remigio.

Las fotos no dicen la verdad; la indican, apenas. Desde fuera, visto en la calle, el Centro Gallego de La Habana es un edificio masivo, de piedra, barroco, con trazas de verticalidad que intentan disimular sus dimensiones horizontales. Piedra y bronce dicen que es una construcción principal, pretenciosa donde las haya, la que más pretende de las que hicieron los gallegos en todo el mundo... Ante ella me pierdo en visiones de "Mutuas", "Hermandades" y "Centros" desde Canadá a Chile, sigo con la memoria trazas de un pueblo poblador de naciones nuevas.

Pero vuelvo a la realidad, recuerdo a Inés y pido que me lleven al hotel.

Con Gerardo quedo en hablar de indianos de nuestra comarca, que él visitó solo una vez, cuando vino Fidel a Galicia. Entonces —estamos de acuerdo— debimos de coincidir sin ser presentados: en la recepción del convento de San Francisco.

El hotel es un edificio antiguo y pintado entre muchos otros despintados. En la recepción se apelotonan turistas vestidos ridículamente, según el estereotipo tropical. En una esquina del *hall*, en butacas y sofás, mulatas jovencitas vigilan al ganado entrante. También apoltronada, mi mujer espera con la maleta y una botella de agua mineral.

—Me dijo la guía que intentásemos beber agua mineral siempre, para evitar las diarreas —me informa.

Mal recuerdo; y me doy cuenta de que no metí en la bolsita de aseo las pastillas astringentes que me acompañan siempre a los tristes subtrópicos.

Me sorprende que me exijan quince dólares en depósito por la llave de una caja fuerte; y dos dólares al día para disponer de ese servicio [4].

Vamos a subir al cuarto. Alguien que había vigilado nuestros trámites en el mostrador de la recepción se nos acerca y nos dice que viene a recoger la bolsa que trajimos. Es un mozo de buen porte, parecido a los que nos la habían entregado en Compostela, quizá pariente de ellos, probablemente hermano.

Inés le entrega la bolsa y él nos ofrece su dirección, por si algo precisáramos. Le damos las gracias y el adiós, con una leve sensación de tristeza, de impotencia.

Subimos. El mantenimiento del hotel no es completo: a las escaleras les faltan pedazos del pasamanos de mármol, faltan también trechos de zócalo... El cuarto huele a humedad, es pequeño, la puerta está estropeada y repintada por encima de los estragos. Echo una cuenta rápida y me parece cara la estancia por lo que me va ofrecer [5].

La chica de la empresa de viajes en Santiago me había dicho que el desayuno de *buffet* en este hotel era espléndido, y que no me preocupase por el almuerzo, porque en Cuba "el clima ya alimenta".

Pero hay que esperar hasta la mañana siguiente para comprobarlo y, de momento, hace falta beber y comer algo.

Lavados y vestidos de fresco, pedimos un mapa de La Habana y —nueva sorpresa—, en vez de regalárnoslo, nos lo venden por dos dólares.

Lo desplegamos, lo estudiamos y no tardamos en rumbear hacia lo más castizo de lo que fuera una ciudad española en ultramar.

Pasamos el *Floridita* de Hemingway y nuestros ojos dan con un establecimiento de nombre peculiar, *La moderna poesía*, que debe ser tienda de libros, casi vacía. Va cayendo la noche a lo largo de la calle Obispo. Lentamente, avanzamos con el pueblo entre casas mal iluminadas, deambulamos al lado de la negritud sudorosa que llena la cálida oscuridad. Obispo, Plaza de Armas, catedral atacada del mal de la piedra, renegrida... [6] Erramos entre peatones y ciclistas sin timbre, que advierten de su presencia con silbidos repetidos y fuertes imitaciones de besos.

De súbito se desemboca en la esencia de la España colonial. Hay construcciones en piedra sólida. Son edificios con soportales, recovas americanas, plazas de cabildo que definen las Américas españolas desde Méjico y Perú hasta las últimas colonias del virreinato del Plata.

Restaurante-Bar
Floridita

For over a century and a half, travellers passing by the busy Havana intersection of Obispo and Monserrate have been attracted by the glow of one of Cuba's most luxurious and inviting bar-restaurants: the Floridita, which has even won the seal of approval of the Gran Caribe Hotel Group's Division of Excellence.

Internationally renowned as a favorite watering hole of the American writer Ernest Hemingway — the all-time best customer, promoter of the mythical daiquiri and author of the phrase "My daiquiri in the Floridita..." — as well as other foreign celebrities such as Errol Flynn, Spencer Tracy, Ava Gardner, Marlene Dietrich, Barbara Stanwick, Robert Taylor, Hugo del Carril, Libertad Lamarque, Pedro Almendariz, Arturo de Cordoba and Gary Cooper. Home personalities have also given it the privilege of their visits: Pablo Milanés, Alicia Alonso and Javier Sotomayor.

The Floridita's fame was further bolstered by a rave review from Esquire magazine in 1943, which called it one of the seven most famous bars in the world, and by the awarding in 1992 of the Best of the Best Five Star Diamond prize by the North American Academy of Gastronomy as the birthplace of the daiquiri and the most typical seafood restaurant.

A LEGEND IS BORN

The first references to the Floridita date from as early as 1817 when the site was inaugurated as the Pisa de Plata and soon frequented by merchants, parishioners and even grandes dames, all of whom would combat the island's suffocating heat with tropical fruit sorbets, milkshakes and creams, which provided a fresh alternative to the traditional gentlemen's drink of sour cherry, vermouth and gin.

Towards the end of the century, the Piña de Plata changed its name to the Floridita — the inscription on the façade is still visible — in keeping with the great amount of tourists coming. Its cocktails were already attracting notice, and the clientele rechristened it the Floridita.

Around 1914, the bartender who would later become owner of the institution, the Catalonian Constantino Ribalaigua (Constante to the Cubans), appeared on the scene. Constante, creator of the daiquiri, was chiefly responsible for the Floridita's great success.

The friendship between Constante and Hemingway began in the 30s and deepened through the 40s, when the classic daiquiri, or the Floridita daiquiri — a mixture of lime juice, rum, sugar, maraschino over crushed ice — was challenged by an invention of the writer's: the Papa Hemingway, or Hemingway Special, doubled rum ration but without the sugar and with the addition of a half-ounce of grapefruit juice.

When Hemingway, author of The Old Man and the Sea, received the Nobel Prize for Literature in 1954, a bust of the writer was unveiled in his favorite corner. It is said that in that corner, where today hangs a collection of photographs of Hemingway and his friends, a door used to exist through which Hemingway could slip back to the Ambos Mundos Hotel.

FIN DE SIÈCLE ELEGANCE

The bar still has the ambience of times past: the wide wooden bar with 20 barstools, the ten tables in the main dining room and a splendid mural of the 18th-century port of Havana at the back. A statue of the Greek god Bacchus provides philosophical inspiration for the savoring of fine Cuban rum and a variety of unique cocktails that raise bartending to a new art.

The Floridita boasts more than just its famous daiquiri; even the most discriminating palate will be impressed by such exquisite dishes as the prize-winning Medallions of Snapper Ambos Mundos, the Hemingway Platter and the Butterfly Lobster, all accompanied by superior wines and elegantly served by a staff for whom hospitality is second nature.

¿Como sería La Habana de mi abuelo Remigio, el de los bigotes de punta vuelta contra los ojos? Un primor de capital de un país gobernado por tiranetes, marionetas que obedecían a los señores de Washington. De sus papeles con índice, relación de vida de un emigrante, queda la impresión de que en la ciudad hubiera orden, aseo, negocio a repartir.

Pero la realidad cambió. En esta primera noche mía en la capital de la Cuba independiente, resistente, desde el Paseo del Prado al borde de la ría, saco una oscurecida impresión de deterioro, hedor, aconventillamiento y mendicidad.

Todo está desamparado, apuntalado, amenazante (todo no. Hay algún edificio en restauración) [7]. Se ve un terror de cables eléctricos —que ya debieron sobrepasar límites de uso hace muchos años— empatados de cualquier modo, con cuatro vueltas de cinta aislante, las puntas al descubierto, al alcance de quien se quiera suicidar. Se ven interiores de casas abiertas al buen tiempo, con chiquillos desnudos a la puerta: allá al fondo hay una lámpara avara que alumbra un laberinto de mamparas, divisiones provisionales que se hicieron permanentes para albergar a quien no cabría en tan pequeño espacio. Las aguas fecales fluyen en la calle, por caños reventados, y pueden hacer que el visitante se aparte, lleno de asco, de establecimiento tan sonado como *La Bodeguita del Medio* (también lugar de vivencia de aquel vividor suicida que se llamó Ernest Hemingway y ganó fama escribiendo sobre batallas que le relataban en los cafés de una España fratricida).

Y los pedigüeños hartan.

Los pedigüeños, un ciento en el recorrido, tienen buena técnica. En primer lugar analizan el cariz del caminante; después afinan el oído.

Italianos, portugueses y españoles son hijos de castas semejantes y visten casi de la misma manera. El habla los distingue y eso ayuda. El objetivo fácil es quien habla castellano.

Los niños prueban con peticiones directas:
—Una monedita.
—Un chicle.
—Un caramelo.
—Un dólar pa remedio pa'l asma...

Los mayores son más sofisticados. Pueden ofrecer puros o ron, o disfrazarse de cicerones espontáneos:

Jaime se nos acerca, escucha lo que hablamos y, tras decirnos su nombre, pregunta los nuestros e informa de que su abuelo "también" era catalán. La semejanza entre ciertos vocablos de los romances ibéricos occidental y oriental lo indujo a error. Se lo advertimos, le aclaramos nuestro origen pero no entiende: para él gallegos son todos los españoles, hasta los catalanes.

—¿Y los portugueses? —Inés intenta una prueba difícil.
—No, esos no —Jaime es rotundo.

Los portugueses no tienen que ver con los gallegos en la codificación de un cubano de la calle, que nos ametralla con indicaciones de edificios, con características y fechas caprichosas, necesariamente erróneas; y que, cuando queremos detenernos para admirar la perfección de las piedras que levantó la Ilustración, desvela su negocio: oferta una "paladar", restaurante privado del que puede ser comisionista.

Ilya y Tatiana no son rusos; él es mulato y ella blanca de Cuba (como blanco de Bahía era Jorge Amado, que siempre se reía de su blanquitud). Abren la conversación con nosotros como si quisieran confesarse: son matrimonio y, a pesar de la juventud que surge en sus facciones, tienen un hijo de siete años y otro de cuatro.

Ilya es ingeniero mecánico (me acuerdo de las observaciones de Avelino Nogueira y evito entrar en examen de sus conocimientos) pero, por no encontrar trabajo de su calificación, anda haciendo arreglos de fontanería. Tatiana es enfermera puericultora y ama de casa en apuros. Gana lo que al cambio serían siete dólares al mes, cuando un pollo cuesta cinco [8].

El dinero y los suministros son la obsesión de estas criaturas nocturnas, transculturadas, con nombre de gente ajena, invasora con disimulo de amistad. Nos hacen parar delante de tiendas que muestran existencias escasas, a veces formando conjuntos difíciles de entender.

—Todo para comprar en dólares, miren. Y nosotros ganamos en pesos.

Ilya nos enseña a la luz de un escaparate su pantalón vaquero e informa de algo difícil de tragar, que ya habíamos visto en un reportaje de la Televisión Española sobre países africanos: la ropa vieja que se manda de Europa a Cuba para donación es vendida en establecimientos del estado, en dólares. Cuando llega remesa, la gente se atropella a la puerta del establecimiento y, en cuanto le dejan entrar, agarra lo que puede pagar y se marcha... con la esperanza de revenderlo.

Inés quiere saber cómo funcionan los centros de suministros del estado y Tatiana quizá exagera:

—No hay de nada. Todo el mundo que trabaja allí *se* roba para sus hijos.

Pero su marido explica lo que parece exagerado:

En toda Cuba no hay gente de oficio; no se encuentra quien afile una tijera; todo se hace con los medios y los materiales de las empresas. Hace años vino por aquí un tal Solchaga, que debía de ser ministro de Economía en España; llegó con unos tipos que llamaban *Solchaga's boys* y la gente decía que venían a convencer al Comandante de que permitiera ejercer oficios para que se solventasen las carencias del país, principalmente de reparación, que todo está hecho un desastre.

Tal vez por eso, en el 93 se autorizó el ejercicio de unos setenta oficios, dando prioridad a los jubilados para ejercerlos. Había de todo. Quien tenía *carro* se puso a *botear*, que es hacer de taxista, y se sacaba unos pesos del trabajo. Pero al año siguiente se suprimieron los oficios; casi todos; quedaron una docena permitidos. Se dijo que era para evitar las malas consecuencias de la competencia pero (aquí la voz de Ilya se vuelve cauta, baja) la verdad es que "él" (hace con la mano el gesto de tocar una barba que no tiene) no quiere que nadie se valga por su cuenta. La gente tiene que trabajar en las empresas, que son del Estado y, entonces, "él" es el único patrón.

Curiosa la interpretación. Inés me mira y yo entiendo su mirada: desconfía del muchacho; que prosigue:

"No se puede ser carpintero porque no se venden ni madera ni clavos ni martillos. Si tú precisas un martillo, vas a un amigo que trabaje en una empresa donde los haya y le dices:

—Coño, mi hermano, mira qué tú puedes hacer por mí.

Y él te va a decir:

—Eso está peligroso, y hay que repartir. Me tienes que dar cien cañas.

—Tanto no tengo —tú te defiendes.

—Bueno, pero tú no fumas —mirará él cómo darle la vuelta al asunto—, ¿y qué tú haces con el tabaco de la ración?

La cosa se arregla con dinero y dejándole la libreta de racionamiento y el carné de identidad. Con eso él retira los puros que un pariente suyo les venderá a los turistas.

El martillo se consigue como todo: el amigo, de acuerdo con el colega que va repartir con él, busca a un incauto. Uno de los cómplices lo distrae y otro hace desaparecer la herramienta...".

¡Puf! Nos callamos. Ilya descubre en nuestras caras la morbosidad de los que provienen de un país de pillería, apaciguada por la abundancia del momento. Y continúa:

En su oficio subrepticio la clave está en las obras de los hoteles.

Viene un cliente y le dice:

—Tengo una cañería que pierde y hay que *enteiparla*.

—¿Cómo? —Inés detecta una interferencia lingüística y hace derivar la charla hacia la correspondiente aclaración:

Enteipar, de *tape* en inglés, pronunciado *teip*.; o sea, cinta, una muestra horrenda de colonización. El muchacho, confundido, pone otro ejemplo:

—Se me cayeron los azulejos de la cocina —dice el cliente.

Entonces él mira y hace presupuesto: quinientas *cañas*, en dólares.

Teniendo dólares, uno solo tiene que dejarse ver por donde anden construyendo un edificio, pues enseguida se le han de acercar los vendedores.

Por eso es por lo que no se conseguía acabar el *Hotel Riviera*. Nunca era suficiente lo que se planificaba de materiales. Desaparecían.

¿Y el trabajo en las empresas? Él había trabajado en varias y sabe lo que es: no se hace nada, porque cuando no falta la materia prima, falta la energía. Para tener actividad, la gente espera las cosechas: la patata, la caña... Levantan la mano cuando se piden voluntarios para el campo. Ir al campo es tomar unas vacaciones incómodas, por culpa de la habitación. Pero hay campamentos de hombres y mujeres y mucho desahogo por la noche... Eso de mandar gente de ciudad a las cosechas es una locura: Ilya y Tatiana, los dos, reconocen que es de locos meter a un pianista o a una bailarina de ballet a recoger caña.

No dejan de escoltarnos, como si nuestra compañía casual fuera de gran importancia para ellos. No se despiden, ni cuando nosotros guardamos silencios demasiado largos: silencios de rumiar lo oído y no querérnoslo creer.

Callamos y ellos atacan al sistema porque somos receptivos a lo que dicen, porque desconocemos argumentos en contra.

Los sindicatos —critican a dúo— son una pantomima. Están dominados por el partido y nadie se mueve si no quiere desgraciarse. No sirven para nada, más que para sacarle a cada trabajador una cuota que, sumada con las de los demás, va a pagar la burocracia. Con el sobrante, servirá para mandarle un cheque anual a "él" (vuelve al gesto de tocarse la barba), para gastos de las Milicias Territoriales.

¿Y el racionamiento? En sus vidas jóvenes nunca conocieron otra cosa. Quizá no nos lo creamos (ellos ya han hablado con otros españoles que se espantaban) pero es cierto: en casa son cuatro y al mes les corresponde una docena de pescaditos (por la descripción, jureles) o el equivalente en calamares.

Un concepto nuevo llama nuestra atención: el "convoyado". Hay mercancías y comidas convoyadas. Cuando, por ejemplo, en las tiendas aparece una blusa horrenda, que ninguna mujer quiere y está perdiendo los colores en el escaparate, el responsable del suministro decide que hay que venderla; de modo que vaya "de convoy" con otro producto apreciado: quieres esa toalla, llévatela con la blusa.

Y lo mismo sucede con la cerveza. Uno puede descubrir que en tal establecimiento venden una cerveza buena que va con una comida dudosa, picadillo de algo inconfesable, por ejemplo; pero quiere beber. Y para hacerlo pide la bebida con el manjar convoyado. Se toma una cerveza y le sirven un plato, que no se come; le sirven otra, con otro plato; puede beber media docena de cervezas y en la mesa se le irá juntando media docena de platos intactos que demuestran cómo el responsable del establecimiento cumple con las normas...

Bien, esta pareja se está perdiendo en excesivas confianzas. Algo ha de querer, temo. Y veo confirmado mi temor.

Ilya me pide un dólar.

Siento vergüenza ajena por la petición y me lo debe de notar en la cara.

—Quizá —me dice bajando los ojos— dinero no, pero una bolsa de la agencia de viajes...

En ese momento, antes de que le responda, se aproxima a nosotros uno de los múltiples policías montados en bicicleta que patrullan lentísimamente por La Habana Vieja que recorremos.

Tatiana se alarma, avisa a su marido:

—Ilya, multa.

—Algo peor —supone él.

El sujeto ciclista, delgado, un mozalbete con arma, los llama a su lado y los conduce afuera de nuestra vista.

Nos quedamos quietos, repensando lo recién vivido, entre piedras históricas. Aprovechando nuestro desconcierto, un hombre con camisa de flores y frente brillosa de sudor nos viene a ofrecer una "paladar de familia española", la más barata, todo de alta calidad, con langosta, "no los voy a defraudar". Casi al tiempo una moza nos ofrece "lugar con salsa" para después de la cena.

Seguimos. Callados. Hay librerías de "libros de uso" a donde invitan a pasar con indolencia, sin esperanza de venta; y galerías de pintura, una de ellas con el pintor, *naïf* y negro, trabajando.

Nada nos gusta. Continuamos en silencio. Cerca del mar la oscuridad es absoluta. Nos asustan ofertas de taxi salidas de las sombras. Con restos de luz de algún edificio distante, y con ayuda de los faros de los coches, llegamos a la Avenida del Puerto, el paseo de la boca de la ría. Allí hay tranquilidad y parejas que se conceden un placer barato arrimadas al pretil.

Volvemos hacia las plazas mayores. En la de la catedral está el que fuera palacio del marqués de Aguas Claras, que alberga un restaurante tentador, El *Patio*.

Entramos. Patio perfecto con borbónico escudo de España. Una frescura de piedra y plantas que nos lleva a Tenerife con el recuerdo.

Cenamos, cerveza buena y comida escasa: camarón que mal llena el diente, pequeña rodaja de cherna, ensalada mínima y seca... Treinta y siete dólares (cinco meses de sueldo de una enfermera puericultora). Tengo que pagar en efectivo ya que no funciona la máquina de las tarjetas de crédito [9].

Retornamos, cansados, porque para nosotros el día tuvo treinta horas. Hace veintidós que nos levantamos para coger el autobús del aeropuerto.

Llevamos intención de dormir pero todavía nos espera una sorpresa:

Tras el aseo, cuando nos estamos acostando, suenan unos golpecitos prudentes en la puerta del cuarto.

Abre Inés y escuchamos la sugerencia con voz femenina:

—Buenas noches, ¿ustedes quieren compañía? [10]

Rota Habana de través

En Cuba amanece temprano. Un anuncio de día en las rendijas de la persiana nos hizo despertar. El cansancio no había podido contra el cambio de horas y para nosotros era ya la una de la tarde de España...

Cuando entré en el cuarto de baño, el ejército de cosméticos de mi mujer me pareció una manifestación de ofensas. Imaginaba, y así se lo dije, los sudores de deseo que deben padecer las camareras de los hoteles cubanos —y la cantidad de historias que se podrían escribir sobre esas tentaciones de ser femenino en "periodo especial", escasez dentro de la escasez...

—Es un lujo de carroza —se justificó Inés—. Esas cremas son el único lujo que me permito.

Aseados y frescos, subimos al último piso, sala de alimenticios aromas, con ventiladores de aspas lentísimas en el techo. El paisaje de gente en el *buffet* era extensión de la vista por las calles: españoles e italianos en mayoría, algún portugués, algún europeo del norte, algún canadiense —bien semejante al yanqui por el vestir y el habla— y poca gente de casta oscura, aparte de los criados de mesa.

Buenos productos de cerdo, huevo y leche; buenas frutas. De nuevo tentación de necesitado, la de trabajar en un establecimiento como éste e ir derivando algo de sustancia hacia casa, para padres, hermanos e hijos.

El mejor lugar para el desayuno es la terraza, donde los pajaritos —tal vez gorriones de estas tierras— se atreven a atacar las migas caídas de las mesas.

Desde la altura hay visión de la barahúnda habanera: caserío agrietado, sin pintura, cables volando a su aire, tránsito de vehículos estropeados. Pero quizá se vea voluntad de rehacer, de cambiar las cosas; o al menos así lo declaran los letreros de una empresa mixta italo-cubana que construye un hotel respetando la fachada vieja de otro. Cuerpos desnudos, negros, se agitan en la excavación de los sótanos del nuevo edificio; van colocando encofrados, sementando varilla de acero, volcando cemento...

Poco a poco se llenan las mesas vecinas; varias de ellas con parejas de hombre maduro, europeo, y jovencita morena. Reconozco a alguna de las muchachas que acechaban a la entrada del hotel; e Inés identifica a la que había venido a ofrecer servicio de *menage à trois* a nuestro cuarto. Está claro el negocio. No es como en los países donde una moza del oficio tiene comida y buena casa y, por tanto, prisa de acabar con el cliente. Aquí, mientras dura el hombre ha de durar lo que con él se comparta: cama buena, sábanas limpias, baño con jabón, comes y bebes.

Comemos y bebemos. Y hacemos planes para los días de descubrimiento en la capital de la Perla de las Antillas. Hoy daremos vuelta por el Centro Gallego, para después seguir paseando. Mañana intentaremos la única visita que se nos pidió en la aldea, y que tanto nos interesa. Pasado, Dios dirá. Tenemos que ver el lugar de *Peixiño* y, al siguiente día, despedida, que el mar es mucho, caliente, con promesas de excursión a los cayos, a ver peces en los *giardini coralini* de que hablan los italianos a nuestro alrededor.

Una empleada, criolla bonita —española del mediterráneo que atrae las miradas de los comensales—, nos indica cómo hacer para mandar un fax a casa y vamos a la "oficina de comunicaciones" donde dos funcionarias ganan sueldo por pasar el tiempo —una de ellas leyendo, otra relatando las incidencias de la operación de lacrimal de su hija en un hospital donde faltaba lo necesario para la intervención.

Como haciéndonos un favor soberano, la lectora introduce nuestra hoja de mensaje en la máquina del telefacsímil y nos cobra nueve dólares.

Le doy un billete de diez *bucks* verdaderos y obtengo de vuelta un convertible de juguete [11].

Salimos, intentando evitar los uniformes de turista, pero delatados por la cámara de fotos y la calidad de la ropa (de repente, me hace una gracia maldita lo de la calidad, becerro de oro de nuestra Europa de mercaderes).

Rechazamos taxis y el *Granma*, escuálido órgano oficial del partido comunista cubano. Hacia el Centro Gallego le pido a Inés la primera instantánea, para que nuestros hijos comparen cosas de los mundos diferentes en que el Mundo se divide: con un fondo de edificio solemne, ángeles de bronce coronando sus esquinas, sobre el telón inmediato de las palmeras pálidas y el cielo azul limpio, me apoyo en un *haiga* que demuestra la resistencia del cromo en climas agresivos. A mi lado, otra reliquia: una moto con *sidecar*, checa, también cromada.

El Centro, que es tantas cosas, despista a la entrada. Un portero sentado en solemne silla indica por fin un vestíbulo con mosaicos y escalinatas, columnas de mármol rojizo, lámparas, ventanas, lucernario.

Ahora comprendo lo que exageraban cuantos en nuestra comarca habían vivido los fastos de esta catedral de la emigración. Cosa enorme la que contemplamos, orgullo de lo más absurdo: de la marcha, de la huida, del abandono; monumento a la ignominia de emigrar...

Vamos entrando, los ojos perdidos en los varios pisos de la obra, en la profundidad de los espacios que se abren alrededor del vestíbulo. Se dispara un *flash* y me doy cuenta de que tenemos competencia: Fuco Castelo hace fotos sentado en el mármol blanquecino de la escalinata. A su lado, con ojos claros sonrientes, el puro

apagado entre los labios y los dedos, Gerardo Noche insiste en la expertez de los viejos constructores del edificio que se inició con piedra de una cantera de Parga, tierra lucense.

Nos unimos al cicerone, que explica su facilidad para hablar gallego:

Lo hablaban en familia. Todos pertenecían a la *Agrupación Artística Gallega*, asociación cultural con elenco de teatro, coro, orfeón y rondalla. En las reuniones de la Artística se hablaba gallego; el libro de actas se escribía en la lengua del país de origen, aunque por razones legales el libro de registro se escribiera en la oficial del país de acogida.

—Fue una pena que todos esos libros se perdiesen en la *candela* del 88 —lamenta Gerardo. Y aclara—: Aquí le llamamos candela a los fuegos...

Avanzamos. Lo que fuera centro de los gallegos de La Habana, propiedad de sus socios, pasó a ser propiedad del estado cubano nacido de la Revolución Castrista (siendo Castro apellido estigmático de la comunidad gallega). El Centro, edificio en mezcla con un teatro nacional, tras la nacionalización estuvo a punto de tener nombre demasiado exótico:

—*Patricio Lubumba* —recuerda Noche—. ¡Manda nabiza, paisanos! Podían escoger nombres de rechupete, de mártires de la Revolución Cubana, y solo se les pasa por la cabeza ponerle el nombre de un congolés... Menos mal que entraron en razones y le pusieron García Lorca, que, siendo de Granada, ya no nos quedaba tan lejos.

Lorca. En esta tropa cultural cubana ha de tener mucho ascendiente lo andaluz. De hecho, he ahí el ballet *español* que se apropió de algunos de los espacios en que dividieron el Centro: suenan aires sevillanos y el sonido nos induce a ver un conjunto de bellezas que se dirían perfectamente diseñadas por ordenador, siguiendo los cánones de la cabeza pequeña, la cara oval, el cuello delgado, los hombros altos, los

pechos sostenidos, la cintura est... zos y piernas con el músculo justo y la cadera abierta; brazos y piernas con el músculo justo y la cadera abierta; brazos.

Hay faldas largas, castañuelas y piano [12]. y espejo. Son todas lindas. Dan ganas de que numbra, barras mos para que no se nos acuse de mirones (Inés ta pero seguiy, cuando los hombres nos retiramos, dispara la cámara.

Alicia Alonso, ballet español. Al parecer, vino de Galicia un maestro de danza para intentar la organización de un grupo típico, pidió que le dejasen usar las salas de baile y la segunda de abordo de la Alonso aún se lo quería negar: estando de prestado (mejor dicho, de confiscado), todavía les niegan a los gallegos lo que es suyo, de todos, generación tras generación.

Me quedo esperando a Inés y me pierdo parte de la conversación de mis compañeros. Cuando la recupero, frente a una de las mamparas altísimas con que se dividieron las altísimas estancias del Centro, escucho a Gerardo decir:

—... y, por eso, de vez en cuando voy al cementerio a ver a mis viejos y les digo "Si yo siento las cosas así es por vuestra culpa, porque vosotros me hicisteis gallego".

Un horror: qué culpas tienen algunos padres...

Seguimos. Entramos en el espacio que recuperó la Xunta de Galicia. Tiene al fondo un bar de madera y espejos que demuestran un dicho simplicísimo de mi madre: lo que es bueno, dura. El salón es suficientemente grande como para acoger varios centros gallegos de los que hay por el mundo. Tiene oficinas construidas en acero y cristal (dos pisos de ellas entre techo y suelo, aprovechando esa altura exagerada del piso primitivo), con un equipamiento nuevo que contrasta con la antigüedad de todo lo demás, que se quedó parado en el tiempo.

—El Centro Gallego fue nacionalizado hace treinta y cinco años —informa don Jesús Barros—. Entonces yo era secretario y apoderand⟨...⟩ ⟨...⟩do Afirmación y Defensa, mayoritario en el centro. ⟨...⟩ abogado, por lo que Noche, siguiendo la costumb⟨...⟩ Don Je⟨...⟩roamericana, le llama "doctor". Barros entró en el cen⟨...⟩de chico, para la Sección de Orden, una de las ocho q⟨...⟩enía la institución. Entre ellas estaba la de Emigración, ⟨...⟩n delegaciones en los puertos de embarque como Coruña y Vigo, y en el de La Habana. Atendía las cuarentenas de los inmigrantes en Triscornia y daba acomodo a los que las superaban.

Guardamos silencio ante las explicaciones precisas de este anciano de memoria envidiable. De nuestras caras, Gerardo deduce asombro y se atreve a comentar que, siendo él joven, en las reuniones políticas del centro fácilmente se juntaban cinco mil hombres a discutir; y, cuando había baile, eran más de quince mil entre hombres y mujeres.

—Esto era Galicia entera, amigos —resume.

—En el año 61 —prosigue don Jesús— aquí habría sesenta mil socios.

Alucinante la cifra, y aún más multiplicada por el factor de la media de personas de la familia de cada socio. Arriesgo un cálculo de doscientos cincuenta mil gallegos en La Habana antes de la Revolución y ninguno de estos habaneros se asusta.

—Don Jesús, ¿y qué otras comunidades españolas había?- se interesa mi mujer.

—Asturianos, vascos, montañeses, canarios... Si miramos bien la cosa, la primera emigración tradicional fue de andaluces; después vinieron los canarios, que aquí llamamos "isleños", y solo en el último tercio del siglo pasado empezaron a venir los del norte de la Península.

—Eso coincide con un desacuerdo entre el gobierno español y el de la Argentina —arriesga Fuco Castelo—. Fue una de las mayores barbaridades de la historia de España. Desviaron lo mejor de la emigración, la gente más trabajadora, a

Puerto Rico, Filipinas y Cuba, hacia lo que ya estaba condenado a perderse. Y la Argentina se llenó de *tanos*, napolitanos.

—Probablemente —concuerda Barros y prosigue—: El caso es que el Centro Gallego viene de lejos. Por 1880 hablaban de crear un "Ateneo Gallego" y a principios de siglo XX ya había diez mil socios... Si tienen interés en los detalles, mañana les tengo un pequeño informe hecho.

Se lo agradecemos. Inés no para de mirar las cosas de alrededor con los ojos grandes, de moza lista.

—Esta oficina es... como una burbuja de España. Es como estar allí —comenta.

—Porque todo vino de allí —explica Gerardo—. De allí venía todo, después de que Fraga estuviera aquí. Hasta que alguien quiso parar las ayudas —hay cierta seguridad misteriosa en la última frase, por lo que nos quedamos callados.

Don Jesús rompe el tenso hiato relatando curiosidades de la transición entre la provincia colonial española y la república independiente cubana:

—De 1898 a 1902 hubo un gobernador americano. A esa altura se hizo una junta de sociedades españolas para que se posicionaran en relación a la nueva república. Había desacuerdos, porque era como si una región española se separase... El presidente del Centro Gallego era don Secundino Baños, que se manifestó a favor del reconocimiento de la república. Triunfó su idea y se hizo un homenaje al nuevo estado en el que se presentaron el presidente recién electo y su gabinete... Y eso no cayó en el olvido porque, cuando fue el momento de conseguir los terrenos para el edifico del Centro, había gente poderosa que se oponía a que los gallegos ocupasen lo mejor de La Habana; pero el presidente de la república apoyó que se les concediese en la subasta.

El doctor Barros habla doctoralmente, invita a oír su disertación, mientras Gerardo quiere enseñarnos más cosas.

Lo seguimos. Bajamos de la oficina al nivel del suelo. Entramos en un almacén donde reinan sacos de leche en polvo, pastillas de jabón y latas de comida en conserva. *Sic transit gloria Mundi*: eso es el que queda de las grandezas de una institución como el Centro Gallego de La Habana. Gerardo Noche maneja un archivo de difuntos, para que nadie engañe a los representantes del gobierno gallego. Cuando alguien viene a pedir leche en polvo, o lo que sea (pero leche lo primero "porque con leche y pan un viejito ya se alimenta"); cuando alguien pide, se mira en el archivo por si el posible beneficiario ya hubiera fallecido.

—Aquí las cosas se hacen debidamente —asegura Gerardo en tono serio—. En Galicia se habló mucho, se metió un periódico por medio, llevaron la cosa al parlamento; pero nadie vino a ver y preguntar...

Callamos. Entendemos. Me gustaría ser periodista de profesión, con tiempo y medios, para entrar en las tramas, en las intrigas, y escribir la verdad —o, al menos, una verdad.

De nuevo me quedo atrás en el paseo por los corredores apenumbrados del centro. En conversación con Fuco, se oye a lo lejos la voz alta de Noche, que es algo sordo e intenta aumentar su capacidad auditiva apantallándose la oreja con la mano en la que lleva el cigarro. Hablan del sitio llamado *Peixiño*, de los gallegos pescadores de los "viveros", barcos-tanque donde se recogía pescado aún vivo...

Los confiscadores del centro consintieron la reserva de espacios menores en que se guarda la historia del pueblo emigrante del Finisterre europeo. Son secretarías-cementerio conservadas en la dignidad de los buenos materiales, en las maderas y los cristales, con documentos que algún día se han de exhumar y exponer, trabajo para investigadores.

Hay mesas largas de lectura, y alguna gente mayor que revisa los libros de apuntes de las infinitas sociedades de comarca y parroquia, de solidaridad aldeana. Noche nos presenta a señoras profesoras y señores doctores, todos jubilados, y enseguida se habla de cómo está la Galicia de los padres de los nuestros interlocutores, tierra que nunca más verán porque no tienen esperanzas de que cambien las cosas en Cuba.

Alguien hace un chiste:

—Fidel es más joven que yo y tampoco se va.

Otro continúa ofreciendo gracias amargas a los visitantes:

—Las partes del cuerpo del hombre son cuatro: cabeza, tronco, extremidades y bolsa para agarrar lo que haya y salir corriendo... Cuéntenlo allá.

Lo contaremos, sí.

Fuco saca fotos de vitrinas con letreros de su patria profunda: *Ferrol y su comarca*, *Puentedeume y su partido*. Gerardo busca el libro de los de nuestra parroquia: allí firmaron los primeros en pagar cuota; se ven las bajas y sus porqués: los que morían, los que se volvían. Me aguanto las lágrimas al ver cómo don Remigio entraba a cotizar diez años antes de construir la casa de la galería que mira hacia la ría entre palmeras.

De acuerdo con sus escritos, el que sería mi abuelo estaba en su peor momento, cuando un mal cálculo lo condujo a las manos de un patrón, "asturiano y avaro", que le hacía dormir bajo la escalera por donde los otros empleados subían a sus habitaciones.

Era costumbre de los comerciantes dar cobijo a empleados y hospedaje a clientes. Y Remigio, por ganar más que donde estaba en principio, fue a encontrar "miserable compensación, de ruido de pasos y polvo que las suelas arrastraban por los escalones y se colaba por las rendijas de la madera hasta caerme en la cara".

Pero diez años después era rico, lo suficiente como para ser capitalista el resto de sus días, guerra civil por medio...

El regalo final de esa mañana fue el plano de la escuela.

Gerardo lo desplegó sobre la mesa larga de la que debiera de ser sala de lectura: con el fondo de papel azul y las líneas en blanco, allí estaba dibujado el edificio que se ve desde nuestra casa.

Historia. Entraña caliente de una sociedad de instrucción. Maldita historia, ¿por qué no es posible emigrar a la tierra propia? ¿Por qué esa magia nunca existió? Pasa por mi mente un relámpago de novela mágico-realista, de gente emigrando a dentro de sí misma.

Tomamos fotos mientras pensamos en la asociación cultural de nuestra parroquia, en dar una conferencia y que los chicos de primaria hagan después una redacción al respecto. Por lo menos, que sepamos por qué somos como somos.

En otra vitrina, sin apariencia de conservar mucha historia, llena de libros modernos, el letrero canta *Asociación iniciadora y protectora de la Real Academia Gallega, Archivo y secretaría*. Sobre una pared, un cartel de la misma asociación anunciando una exposición cultural gallega. El artista quiso hacer reclamo de la figura de una joven con traje típico y un libro en la mano. La muchacha es pálida de tez, en la que destaca el rojo de los labios: una belleza chocante en esta tierra.

Fachada Principal

Fachada Lateral Izq.da

Escs: 1:100

Fachada Posterior

Fachada Lateral Der.cha

ASOCIACION
INICIADORA y
PROTECTORA
DE LA
REAL ACADEMIA
GALLEGA
EXPOSICION
CULTURAL
GALLEGA

LITERATURA y MUESTRAS de
ARTE PLASTICO GALLEGO
Del 13 al 26 de Enero SALONES del CENTRO GALLEGO

Según nos despedimos, el cubano viejo y chistoso le dice a Fuco Castelo algo siniestro:

—Cuando fue la incautación, tiraron la biblioteca del Centro por las ventanas a unos camiones, para reciclar el papel. Era la mayor colección de libros gallegos o sobre Galicia en la emigración.

—¡Arrebicho! —se arrugan los ojos menudos del Castelo—. ¿Y por qué decidieron hacer tal animalada?

—Porque eran cosas del pasado burgués.

Fuco se ríe amargamente.

—Mierda de revoluciones —concluye mi mujer—. En todas se hacen cagadas...

Adiós, nos vamos; preguntamos a los lectores jubilados si quieren algo para sus familias "allá".

No, gracias; no recuerdan tener parientes próximos en Galicia. Hablan de aldeas enteras vaciadas en estos pagos; y de muchas personas con las que comparten apellidos y compartieron vida social y que ahora viven en inglés por los alrededores de Miami.

Nos informan de que siempre hubo cubanos en la Florida, en Key West, Tampa, Ibor City; que con ellos se transfirió la cultura del tabaco al continente; que primeramente apoyaron a Martí, "héroe de la emancipación", y después a Fidel, "héroe de la emigración": título merecido por la mucha gente que escaparía de él hacia Miami, población que así creció cuando no era nada; y por las masas de desarrapados que, antes de eso, vinieron de Oriente con él para pasear en triunfo por la capital. Llegaron y se instalaron en los hoteles. Un hotel estaba tan abarrotado que se derrumbó y provocó la muerte de docenas de personas. Otros aún están ocupados desde entonces.

Casas que me parecieron *conventillos* de novela realista argentina, de Cambaceres, forman parte de los predios ocupados por el pueblo que acompañaba a Fidel desde la provincia donde se consolidó la Revolución.

Lo que ya llamo *conventillo* —me aclaran— aquí se llama *cuartería* o *solar*...

Adiós. Qué locura es la Historia. Los ingleses conquistaron La Habana para canjearla después por Florida. Por eso hay un Miami de exiliados vigilando la capital de Cuba, mandándole emisiones subversivas de radio y televisión.

Suficiente. Por hoy llega. Este Centro es plato demasiado fuerte, tour ideal para gallegos masoquistas. Y ya voy teniendo sed, y quiero ver esa luz que ciega cuando uno se arrima a las ventanas del edificio.

Acabo de despedirme. Fuco se queda hablando de la organización de los actos del día siguiente. Nosotros, por sugerencia de Noche, vamos a ver la curiosidad del que fuera Centro Asturiano.

Luz. Gente. Movimiento. Vida. *Ciclos* (con un ciclista solo, o con la mujer atrás, y hasta con un niño en brazos de la mujer). Motos con sidecar, buena parte de ellas conducidas por tipos con uniforme, militares (pues el vehículo tal vez sea privilegio de la casta uniformada). *Chevies* del 55, con cola picuda, una plaga de *Ladas*, jeeps estropeados con civiles al volante;

algún coche japonés nuevo, de estreno (en unas matrículas pone "Cuba"; en otras, "particular"). *Guaguas* construidas sobre camiones viejos con cabeza tractora, el remolque acomodado para el personal que se apelotona y mira por las ventanillas. Un tipo simpático, que no pide nada, nos dice que a las *guaguas* les llaman "la película del sábado, porque en ellas hay robo, sexo, violencia". También nos dice que este es el país más rico del mundo: los motores escupen la mitad del combustible sin quemarlo (acertada la observación de Fuco cuando llegábamos) y se mantienen siempre en funcionamiento porque no hay baterías: encenderlos sin motor auxiliar en medio de la calle puede ser "un poema".

Me gusta el humor del sujeto, delgado, moreno, con un bigotillo que parece dibujado,

guayabera limpia, pantalón sin roturas y sandalias cuidadas. Lo invito a tomar una cerveza pero rechaza la invitación porque está de servicio: es médico y va con prisa a su clínica. Aun así tiene tiempo para decirnos que adora España por lo que de ella sabe y por su gente; que conoció a muchos colegas españoles aquí, que venían a cursos de medicina de familia.

Nos despedimos. Miramos el centro de los asturianos [13] y enfilamos hacia un bar-oasis en la calle, con sombrillas y gente, y altavoces por los que se escucha música agradable, "un tributo caribeño a los Beatles".

Mirando para atrás, por encima de las palmeras de tronco gris y liso, un ángel del Centro Gallego desafía en bronce a rayos y viento. El Centro Asturiano —comentamos— es más ponderado en su diseño, más comedido en sus barroquismos. A su manera, quiso hacerle la competencia al de sus "primos hermanos".

Hay mucho en común entre asturianos y gallegos —teoriza Inés— y por eso toda la Cornisa Cantábrica está marcada con casas de indianos, con palmeras y galerías; toda está adornada con la arquitectura similar que produjeron los pesos de oro cubanos.

Claro que hay mucho en común entre Asturias y Galicia —me lanzo a rebatir—, y vivencias compartidas en la emigración; pero, en lo más oscuro de sus conciencias colectivas, gallegos y asturianos ni primos lejanos son. Los gallegos dudan de España y recelan de Portugal. Los asturianos, sin embargo, graban en la piedra principal de su Centro el escudo del reino de los Borbones...

Maltas y refrescos. Granizados. Comida rápida. Sombra y plantitas. Camareros activos. Pieles punteadas de sudor. Cerveza con nombre de cacique indígena. Un enjambre de chiquillos con traje de baño por toda ropa anda pidiendo:

—Un dólar pa mi mama pa comel.

Piden un dólar, unidad básica [14], viática, para el acceso al otro universo, el de los turistas y los elegidos (la "aristocracia comunista" que ya nos mencionaron con cuidado en un par de ocasiones).

Estos críos son bellezas castañas, tintas, tal vez engranajes de algún sistema de mendicidad. Se muestran muy activos, metiendo la cabeza en los contenedores de basura del bar en busca de lo vendible. Cogen botellas de plástico y si, por casualidad, encuentran algo como un bolígrafo, tienen la osadía de venírselo a vender a los turistas.

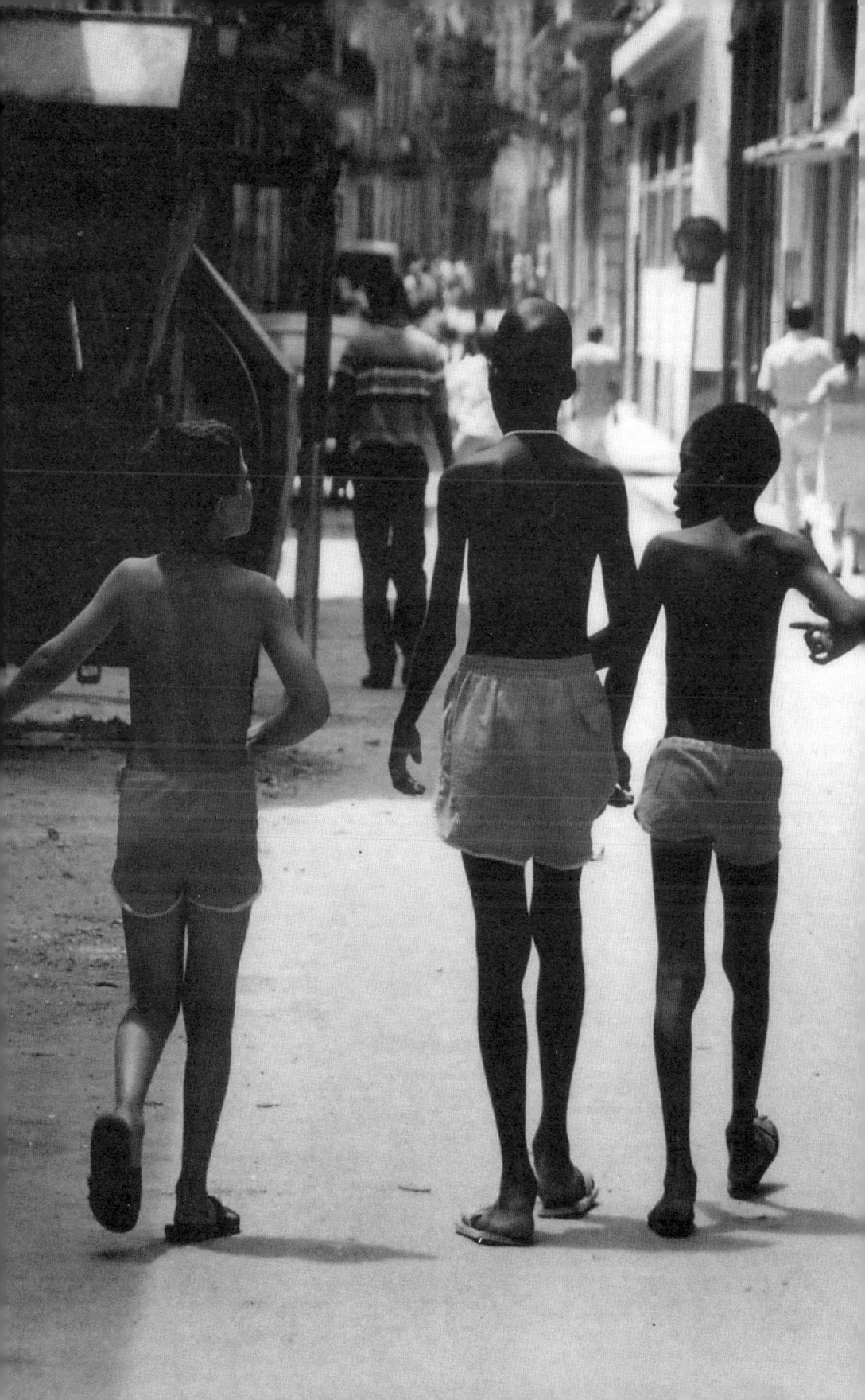

Hay mozas morenas que no consumen y buscan clientes con la vista. No son bonitas como las del hotel pero bien valen para aliviar las necesidades de cualquier español solterón y pueblerino.

Más suerte tuvieron unos mozalbetes que comen a grandes cucharadas. Son tipos bien hechos, indefinidamente masculinos en medio de la pubertad, mulatos vestidos de moda, con *nikes*, *jeans* y camiseta *Lacoste*. A cada pupilo lo contempla su turista, que le dirige miradas de lujuria babosa y palabras confusas en las que mal se esconde la urgencia de hotel y cama.

Decidimos levantar campamento y lanzarnos a la exploración a pie, palpando de lleno la verdad. Vamos a atravesar La Habana Vieja, para seguir por el Malecón y después virar ciudad a través. De donde estamos hasta la Avenida del Puerto sabemos lo que nos espera:

—¿Ustedes son españoles?

—¿Quieren puros?

—¿Quieren ron?

—Miren, yo sé un lugar...

Comenzamos recorrido. Para quitarnos de al lado a un negro pertinaz, le digo que somos portugueses pero el tipo no se rinde. Cambia de registro, intenta lengua mal conocida:

—*Vos quere charuto...*

Seguimos, sorteando ofrecedores de todo. La vieja Habana debió de ser un amor para los españoles, la gloria de gaditanos y canarios, algo sudoroso y amigo para los de la Iberia Verde. En una esquina hay rincón con barra, tejadillo sombreador, celosías y hombres sin tiempo: blancos, pardos y negros, con barbas y sin ellas, con bigotillo o rapados. Hablan lentamente o callan, observadores, en pie o sentados. *Antes* (aquí hay un antes y un después de lo que no se menciona) esto ya sería así pero abastecido, sin locales cerrados, quizá con los mismos sujetos de guayabera y calzado leve pero bebiendo de todo.

Queda de antes la droguería en casa de piedra, con nombre inglés y maderas oscuras, estantes perfectos, vacíos, sin existencias. Quedan sedes bancarias con su solidez pétrea, acolumnada, denunciadas por nombres también ingleses y, por eso, confiscadas. Repasando con la vista órdenes griegos de columna y filigranas de forja en las rejas de un banco, nos podemos preguntar si, en un caso como el de Cuba, el estado no podría haber distribuido justicia y riqueza dejando a la economía andar según las leyes de mercado.

Tal vez, pero en el momento del paso desde "antes" a "después" el Mundo andaba como lo sufríamos, y Fidel era un joven (treinta y tres años, edad de Cristo) al que la socialdemocracia le debería de parecer algo sueco, gélido, distante...

—Guan dola for la baby pa comel —la niña me arranca de mis cavilaciones con su *Spanglish* y, después de negarnos a otras tantas solicitudes, aparecemos en un mercadillo invadido por imágenes del Ché Guevara en todas las combinaciones posibles para materiales de calidad ínfima. Guevara (también mozo, aún más joven que Fidel, en el momento definitivo) se fue de Cuba porque "otras tierras del mundo reclamaban el concurso de sus modestos esfuerzos" y ascendió a la gloria de los mártires cuando lo fusilaron los "cabecitas negras" bolivianos a quienes andaba poniendo nerviosos.

El Ché es motivo de *souvenir* cubano, en mil imágenes que invaden los cinco continentes. Mientras tanto, Fidel —el Supremo— tiene una dignidad increíble en el bananerío: no se deja convertir en cuadro de pared obligatorio ni, mucho menos, en recordatorio de turista.

En el mercadillo, todo jaleo, se repiten los productos. A un lado de la calle, que —imagino— mi abuelo debió de recorrer en paseos de poco gasto, se abre un portón colonial con puerta menor por la que se ven mujerzotas negras candomberas, con

saya, camisa y turbante, todo blanco, al estilo de las brasileñas. Inés quiere pillarlas en la charla distendida, risueña; pero, al ver aparecer la cámara en su fresca oscuridad de zaguán, se preparan para la pose y avisan de que van a tener función de santeras.

Nos estropean la ilusión de espontaneidad y seguimos, algo perdidos, derivando por callejas y callejones. La cámara toma instantáneas para el ojo, la memoria retiene sones y aromas: una vieja negra arrastra un carrito metálico desvencijado, con ruedas de bici; fuma y barre el suelo con lentitud de pasmo, luchando sin gana contra la basura que se amontona a lo largo de las aceras. Hay ruido leve de *ciclos* y de conversaciones. La mayoría de la gente es negra. Los críos solo llevan traje de baño y chancletas. Huele a podrido. Surgen las aguas pútridas en medio de la calle, al sol. No hay casa que conserve la pintura.

Más instantáneas, de lo que está en las mejores condiciones: la Capitanía General, de donde tendrían que arrancar a los capitanes generales destituidos y sus familias, después de acostumbrarse a la buena vida de los patios llenos de plantas, a las arcadas de piedra, al frescor de la construcción para la eternidad según la entendían nuestros antepasados. Véngase y véase lo que hizo España y que los yanquis —por cosas de la diplomacia— no llegaron a disfrutar más que en cuatro años de protectorado formal.

Si yo mandase en Cuba, pediría que me instalasen aquí, en lo mejor de la ciudad antigua y codiciada.

Me gusta la Plaza de Armas; y el mercadillo de libros, donde se repiten hasta hartar García Márquez, Hemingway, Carpentier y Martí; donde hay de todo, restos de las bibliotecas que no se pudieron llevar a Miami y van aflorando poco a poco para entregarse a turistas ávidos del pillaje que permite el cambio de dólar a peso real.

Me ofrecen un álbum de cromos de la Revolución vista por los triunfadores que, por no seguir cargado, dejo para otro día.

Me ofrecen también "obras de disidentes" y no las compro imaginando que sean publicaciones controladas, de disidencia medida porque (razonamiento estúpidamente sencillo), si no lo fueran, no las iban a dejar publicar.

Desde la avenida del puerto o de Carlos Manuel de Céspedes, con luz de día se entiende el porqué estratégico de La Habana: la que llaman bahía tiene mucho de ría, honda, con entrada estrecha y fácil de bloquear.

Un emplazamiento de ese tipo recuerda al de Ferrol, su ría y sus castillos. En La Habana, dos fuertes a cada lado de la boca, el del Morro y el de la Punta, nos los hacen imaginar protegiendo la bahía con un cañoneo cruzado sobre posibles intrusos. Y hasta, como en Ferrol, unidos por una gruesa cadena apoyada en botes, capaz de impedir la entrada a navíos de madera.

La Habana tuvo uno de los grandes astilleros del sistema naval español del siglo XVIII. En él se construirían navíos de línea y fragatas que extendieron sus hazañas hasta el desastre de Trafalgar.

De aquellas glorias constructivas no quedan muestras de piedra como en las factorías navales de la Península porque en La Habana no se hacía carenado y, no quedando obra de diques, poco quedaría para recordar...

Hay escaso movimiento en la salida angosta de La Habana. En el monte de la otra banda —el que remata en el morro— se ve un cristo blanco, quizá miniatura del de Río de Janeiro, y la muralla de la fortaleza de San Carlos de la Cabaña, donde tanto hombre viviría esperando cumplimiento de sentencia y sabiendo que al otro lado del mar la vida auténtica seguía, y seguiría tras su muerte.

Como todas las de La Habana, la avenida del puerto está infestada de ciclos, triciclos, motos sin edad apreciable, coches viejos, camiones viejísimos. Quedan monumentos a la izquierda y uno se va distrayendo con ellos, hasta que, después del castillo de San Salvador de la Punta, la atención queda capturada por las imágenes del Malecón.

Todo lo que se diga del Malecón es poco, o, expresándose de otra forma, del Malecón se debe decir poco y ver mucho. El Malecón de La Habana, avenida de Antonio Maceo ("cabecilla insurrecto" en los periódicos de la España de hace un siglo), ha de verse.

Tiene a un lado el agua riza del mar abierto. Las olitas lamen una roca perversa, peñas pálidas, llenas de agujeros y puntas agudas sobre las que, increíblemente, se posan las carnes morenas y afaquiradas del mocerío.

Jóvenes de distintos sexos hablan y se bañan, nadan en el agua aparentemente tibia y hacen navegación sobre cámaras de rueda de camión —como las usadas para armar balsas con las que intentan la travesía hasta la península de Florida.

La necesidad aguza el ingenio y los cubanos están muy necesitados. En décadas de castrismo hubo demasiada gente que nació y murió sin ver más que necesidad.

De ahí, entonces, las cámaras de camión; y el motor de aeromodelo acoplado a la rueda trasera de una bicicleta; y las antenas de televisión terrestre amañadas con algo metálico que da medidas ajustables a la longitud de onda de la emisión. Y lo que bien vale foto y análisis por expertos: una antena de televisión vía satélite hecha con chatarra, toda ella, tanto el reflector parabólico como un elemento irreconocible situado en el foco del paraboloide.

El edificio que ostenta tal antena parabólica hace síntesis del estado en que se encuentra el Malecón.

Se le cayó la pintura. Se le cayó lo que había por debajo de la pintura blanca, y afloran los ladrillos rojos. A las columnas les faltan los capiteles, sustituidos por bultos informes de yeso. A las ventanas les faltan los cristales, en algún caso suplidos con planchas de madera; en otros, cubiertos por las contras desnudas. Una parte de la fachada tiene una estructura de tubo oxidado aguantando lo que se derrumbaría. En la oscuridad del interior se ven mamparas y al nivel de la calle hay varias puertas. Delante de ellas, mucha gente charlando bajo el soportal de lo que debió de ser una mansión —con título de propiedad, probablemente, en Miami...

Sigue la negritud sin fin sobre la roca porosa a lo largo de los kilómetros cansantes del paseo. Siguen surgiendo vehículos estrafalarios: triciclos motorizados, *Ladas* con el bastidor extendido hasta lo imposible para acomodar a una tropa, *guaguas* de cinco ejes, piezas de museo automovilístico norteamericano... De cuando en cando, algún edificio aguanta por-

que el rico que lo construyó era tan rico que le pudo hacer la fachada en piedra.

Pero, en conjunto, el famoso Malecón parece un paisaje urbano después de la guerra, tal vez (fantaseando idioteces de las que les da la televisión a los pequeños) después de un ataque masivo de termitas comedoras de cemento; paisaje que acoge seres encavernados en espacios mínimos, subdivididos hasta los límites de la respiración unipersonal.

Por su proximidad al mar, probablemente, sugiere la locura fílmica de *Waterworld*. Delante de tanta erosión, tanta raja, tanta brecha, tanto vidrio que falta y tanta amenaza de derrumbe, Inés da una definición:

—Una nación de *okupas* en los restos de lo que fue un barrio de paletos pretenciosos.

Habana flash

Vamos dejando atrás el Malecón y los *slogans* de las calles que en él buscan el mar (*A continuar su obra*, *Aquí no queremos amos*, *Basta con una —bandera—, ¡la mía!*, *Cubanos somos y con la patria andamos*, etcétera). Ya llevamos rechazados una docena de tritaxis a pedales (los sujetos no imaginan que Inés es senderista, y que yo no acepto que un humano me transporte) cuando llegamos al *Hotel Nacional*, donde se hospeda Rafael.

Nos tienta la visita al amigo, el descanso, las cervezas frías. Apretamos el paso. Pasamos una cascada artificial, agua precipitándose sobre una fuente que niños de piel parda usan como piscina. Orgullosa como debe erguirse la bandera de cada pueblo, la cubana flamea por encima de la cascada.

En la calle que conduce al *Nacional*, cuidada, libre de las destrucciones de territorio de *okupas* que acabamos de abandonar, aparecen establecimientos del negocio turístico, y mucha gente con ropas de cierto valor. La transición es rápida y, no obstante, seguimos en la ciudad dispuesta para indoctrinar al transeúnte autóctono que se tiene que lamer las llagas de la escasez.

Subiendo hacia el hotel, se ven los bajos de un edificio cubierto con un mural dibujado por experto caricaturista. La sátira es contra la "ley de la ignominia", la de Helms-Burton, y tiene muchos detalles graciosos; pero en ninguno hace síntesis tan precisa como la de una contracita histórica que no todo el mundo va a entender, ni siquiera con ayuda de la figura de un tipo melenudo y con telescopio en la mano al lado de un globo terráqueo. La leyenda dice: "Con embargo se mueve". Para que le haga gracia, el viandante debe saber quien dijo "*eppur si muove*", cuando y por qué.

Rafa no está. Su hijo nos explica que lleva todo el día con Carlos Lage, ministro de economía. Nos despedimos del chico y nos sentamos en el bar que supera la piscina y los jardines de este magno establecimiento hostelero.

El *Nacional* es un oasis perfecto, fresco y silencioso, silenciosamente bien servido, justo en el precio del frescor bebible que ofrece. En tal ambiente resulta fácil imaginarse el Malecón conservado como debería, la avenida recorrida por aquellos *carros* picudos de la época "preespacial" con que se nos obnubilaba a los españolitos del postestraperlo.

Hay españoles que vivieron la guerra civil y la posguerra, con todas sus carencias, para luego venir aquí —por razones de credo— y seguir subsistiendo entre carencias.

Nosotros tenemos que hablar con uno de ellos. Trajimos ese encargo, aunque en principio viajábamos sin compromisos.

Andamos La Habana de través, desde el Hotel Nacional al Centro Gallego, por dar puntos de referencia. Inés, de principio, va confiada, sacando fotos. Hay algún anacronismo entrañable, como el de la Alianza Socialista de China en Cuba en edificio repintado (por laboriosos chinos, se supone) y curiosidades notables, como la de la pequeña Chinatown con sus restaurantes, sus calles limpias y personajes cuyas fisionomías pregonan que las razas solo existen porque los humanos vivieron apartados por accidentes geográficos.

Se ven raras bellezas mulatas de ojo rasgado; se ven todas las combinaciones del mestizaje cubano con las facciones de Oriente añadidas. Dan ganas de pararse, meterse en las charlas de esos vecinos y pedirles que se dejen fotografiar.

Pero somos turistas avergonzados de nuestra condición, no profesionales de la instantánea; y seguimos. Seguimos y seguimos, a cada "cuadra" más acelerados, hasta la parada final...

Al caer de la tarde estamos ya sentados en un banco del parque Martí. Cerca de nosotros, un grupo de hombres, que parecen no conocerse, discuten apasionados, gritadores, sobre algo tan infantil como los deportes olímpicos; acerca de las olimpiadas en las que Cuba tiene que demostrar que es capaz de recoger medallas sin que ningún atleta se le quede en territorio enemigo (en el *Nacional*, a nuestro lado contaban chistes. Un de ellos era la definición de "cuarteto de cuerda": orquesta sinfónica cubana después de una gira).

Tanta algarada deportiva huele a falta de posibilidades de apasionarse por otras materias, a dificultad para discutir de política.

Pero hay paz en el entorno. En los bancos, varias personas viendo pasar la vida. En un asiento de piedra, solo, los codos sobre las rodillas separadas, un pobre borracho deja caer la cabeza. Largos hilos de baba y moco —tal vez vómito transparente— se le escapan de la boca y la nariz.

La imagen me recuerda noticias de los periódicos de hace cien años. Los hombres del ejército español, inútil contra los "insurrectos" y los "filibusteros", morían en Cuba del "vómito negro". ¿Qué sería esa enfermedad mortal?

Inés está callada. Impresionada. Califica lo que acabamos de hacer como haber dado *a walk through hell*, un paseo por el infierno, y realiza sumario de las partes de La Habana en que no vimos turistas:

Calles reventadas. Caserío que se viene abajo, apuntalado, aconventillado. Tiendas vacías. Gente a la puerta de sus agujeros. Tristeza en la cara de los hijos de la alegría caribeña. Olor a podrido omnipresente, que aumenta en la proximidad de los supermercados sin nada que vender y de las carnicerías donde echan trozos de carne con asco sobre el plato de la romana.

El tufo de la pudrición, dulce, afrutado a veces, mata la voluntad de comer y cabe preguntarse qué monotonías han de sufrir estas gentes, "alimentadas por el clima", carentes de alimentos con que variar su dieta.

Una comparación viene del Brasil, hasta del Brasil más miserable; y en ella observamos muchas diferencias: aquí lo ácidamente visto, allí una inconsciente alegría, imaginación para armar comes y bebes, libertad para quejarse cantando: *Ó Virgem Santa, a fome era tanta...* Fome: hambre, pero hambre divertida.

Ciudad de impacto, La Habana. En todos los cines lo mismo, *Duro de matar*, anunciado con desgana por locales de proyección que siguen la pauta del resto de los predios en abandono. Por todas las calles, parejitas de adolescentes dando muestra de precocidad. De cuando en cuando, mozalbetes criollos que nos recuerdan y nos hacen preocuparnos de nuestros propios hijos... "Criaturas", suspira mi mujer. Y de los chicos pasa a los perros. Habla de perros habaneros, sarnosos, mínimos, royendo basura sin sustancia porque los humanos no pueden desperdiciar nada que alimente. Temo que llore y dirijo la conversación a otros aspectos de lo observado:

—Aquí no se cumple la ley de Murphy —arriesgo; e Inés, que es de Letras, me pide explicación.

—Aquí, por lo que veo, las cosas no van a peor hasta su destrucción —le explico—. Parece como si hubiera un tope en el deterioro. No hay sistema, mecánico, eléctrico, hidráulico, electrónico... que pueda aguantar cuarenta años de abandono. Y aquí los aguantan.

Inés me mira con una cara que trae siglos de labriega observadora y me veo obligado a seguir:

—Esta gente sobrevive de milagro. Primero fueron colonia explotada por los españoles, que no valen ni para colonizar. Después cayeron en las manos de los yanquis, que sí saben explotar. A la tercera pasaron a ser protectorado de los rusos... y aún viven. Algo falla en las estadísticas.

De nuevo estamos en el hotel, isla de luz y limpieza. No tenemos respuesta de nuestros hijos al fax que les enviamos: Galicia en verano es mucha fiesta, para jóvenes y viejos. Esperemos que los chicos no tengan accidentes, que de eso muere nuestra juventud...

A entrar en el ascensor, Inés va delante; yo tuerzo la cara para ver si alguien nos sigue y encuentro los rostros chispeantes de dos morenas —que me guiñan el ojo y con los dedos imitan anzuelos: descaro de rameras lindas.

Necesariamente, tenemos que hacer el recorrido de intelectualoides por la ciudad soñada de la *gauche divine* prorrevolucionaria. Somos de esa tribu universal y nos reclama la memoria de quien anduvo por España romantiqueando guerras y tauromaquias. Esta noche, entonces, Floridita.

Floridita, the birthplace of the daiquiri, tiene curiosa historia iniciada hace ciento setenta años con otro nombre, *Piña de Plata*. Pero quizá como hoy se ve es como ya se la encontró el industrializador del daiquiri, Ribalaigua, que conocía y trataba al autor de *Por quién tocan las campanas*.

Tiene bar con barra maciza, brillante, taburetes altos y mucha gente; en la pared, mural con navío del XVIII que entra por la angostura de La Habana. Los camareros, con chaqueta roja, llevan infinitos *pins* en las solapas y sirven la bebida de la casa con la simplicidad y la celeridad de quien ya fabricó un millón.

Rico daiquiri. Otro más. Todo está cuidado en este rincón de perfección para visitantes. Por aquí pasaron, aquí bebieron y hablaron, y se besaron, los que llenan páginas biográficas de enciclopedias —muchos de ellos después de ser criaturas de todos los humanos desde la pantalla del cine: Gary Cooper, Spencer Tracy, Ava Gardner, Marlene Dietrich...

En el restaurante de pocas mesas, donde todo el mundo ve lo que comen y escucha lo que dicen los demás, se habla inglés —con pronunciación canadiense unos, otros con la inglesa quizá; o neozelandesa, antipódica, que todo es posible—. Cerca de nosotros explican el invento de la bebida famosa del Floridita: estaba la hija de Roosevelt de luna de miel en la playa de Daiquirí, en el mes de julio, con cuarenta grados de temperatura y una sed de matar. Había por allí unas minas y un jefe yanqui en ellas que disponía de ron y hielo... Otra vez el *American ingenuity*. ¿Qué diablo no inventarían los dueños del mundo?

Perfecto el servicio, bella la mulata de pelo engominado que nos sirve. Decoración medida y otro atrayente mural de La Habana en tiempo de los navíos de vela.

La comida, escasa para quien aprendió a gozar de la mesa en tierras de abundancia. Tampoco el cuerpo pide más con estos calores, pero la cantidad de cherna —pescado celebrado— es justa y la guarnición impresentable hasta en un restaurantucho español: verduras resecas y algo de puré de patatas. Desanimada, Inés deposita el cubierto en el plato, y yo acabo de beberme la cerveza que pedimos.

Habana, mi Habana,
patrimonio de la Humanidad...

Terciopelo cuajado de estrellas,
morena que invitas contigo a soñar...
Habana, mi preciosa Habana,
mi bella ciudad...

Un grupo de viejecitos cantores transmite la sensualidad mareante de Hispanoamérica haciendo el mínimo esfuerzo físico. Cantan a nuestro alrededor; reciben aplauso medido porque ningún turista se cree esos poéticos excesos.

No llegamos al postre y pedimos la cuenta. Sesenta dólares. Aceptan *VISA*. Beberemos otro daiquiri para olvidar lo comido, nos decimos, y vamos saliendo.

Mientras cenábamos estuvo subiendo el nivel de barullo de la barra. Se mezclaban las hablas de los personajes aturistados, alguno vestido con formalidad nórdica. Oigo una palabrota gallega en voz conocida y temo lo inevitable: una letanía de daiquiris con el malhablado.

Se confirma el temor: Mananxo.

Y su amiga de La Habana: Fina.

—¡Fina!

—¡Inés!

Las mujeres se funden en un abrazo de los que se quieren bien, con besos y un escurrir de *rimmel* a caballo de las lágrimas.

—Cuánto tiempo sin vernos, Inesiña... y cuenta, cuenta... ¿Y Susana? ¿Y sigue Malú en la televisión? ¿Y tú estás en el mismo instituto? ¿Y cómo se le quedó el coco a Rosa después del aborto? Y...

He ahí al condenado del Mananxo. Lejos llega con su *charme*. Esta paloma... Yo no contaba ya con ella. Sabía que estaba en Cuba pero...

Daiquiris. Conversaciones cruzadas; la de las mujeres y la nuestra. Fina se vino para aquí por lo del cine, con una beca de estudiante del gobierno cubano. Mananxo no ha visto por La Habana más que desastres y anda enfadado con lo de las "diplotiendas". Estudiando en la academia cubana del cine, Fina conoció a un tipo que estaba "de lo más bueno" y acabó casándose con él. Solo en un día Mananxo se pudo reafirmar en que esto de la Revolución es una farsa grandísima, y que los tipos tienen una cara que se la pisan. Fina se casó y al principio todo iba bien, hasta en lo material porque Pedro es de familia del régimen, todos relacionados con la televisión. Nada justifica —razona Mananxo— que ellos manejen dólares y puedan comprar lo que les da la gana mientras les dicen a los hambrientos de la calle que hay que resistir... Pero después el Pedriño, imagina, hija, como son estas cubanas de busconas, hala, venga a cuernearme, el desgraciado... Esto de la élite revolucionaria no lo hay en Nicaragua; no tan descarado; ni es tan exagerado lo de la revolución marxista, que manda truco, que ya no creemos ninguno en ella... Entonces le puse las cosas claras al Pedro y decidimos que adiós matrimonio, cada cual por su lado... Habrá que coger el avión para Managua... El caso es que, siendo cubana residente, los trámites para el divorcio cuestan casi dos mil dólares, y aquí, hija, no se hace un peso si no es de jinetera...

"La vida te da sorpresas, Venancio, sorpresas te da la vida", recuerdo la cantinela de la Vieja Trova. Sorpresas: Mananxo y Fina, unos días —eso es lo que dicen— en La Habana, jornadas de recuperar algún trozo del pasado, bailes juveniles en nuestra playa, posibles encuentros entre los helechos a lo largo de la costa. Quién sabe. Unos días son suficientes, criaturas; y a Fina le puede quedar mucho recuerdo después de que el pájaro vuele a tierras menos revolucionarias.

Nos despedimos, con intercambio de teléfonos y direcciones.

Diplotiendas: algo como supermercados bien abastecidos para los diplomáticos y para cubanos libres del pecado capital, de la culpa general, la de la resistencia al maldito yanqui.

Pasamos de nuevo por *La moderna poesía*, y yo me empeño en imaginar a mi abuelo por estos territorios urbanos, quizá comiendo en La Zaragozana, que anuncian las guías; porque el viejo era de diente exquisito.

Don Remigio, después de retornar a Galicia, volvió a Cuba muchas veces, y tuvo que andar por aquí, moviendo negocios, viendo a sus hijos cubanos, tratando con los amigos del Centro Gallego.

Cuando nos damos cuenta, ya estamos otra vez en la Plaza de Armas, con gente en las sombras de los bancos y suaves cánticos distantes.

Nos sentamos. Percibimos el peso del cansancio, de las piernas y de la cabeza, que se niega a cavilar.

—¿Volvemos? —Inés pone su mano compañera en la mía. Yo, para hacerme el macho, tiro de ella.

—Vamos.

Y, para escapar del fulano que nos va a querer introducir a la fuerza en la "paladar" de la Avenida Obispo, cogemos camino por una calle paralela, oscurísima, con faroles cada varias esquinas.

El cerebro, que se nos niega a trabajar a estas horas para nosotros de sueño, no transmite avisos de alarma a los músculos. No prepara la capacidad de reacción a la violencia.

Tenemos suerte. Delante de nosotros —reconocidas por la conversación— caminan unas muchachas vascas, media docena.

De repente, se oye el grito de una de ellas:

—¡Me cago en tu padre, cabrón!

Escucho correr a alguien que casi me atropella en la oscuridad y enseguida damos con el alboroto de las mozas que levantan del suelo a la socia maldecidora.

—Se me ha llevao todo, hijoputa: el pasaporte, el dinero, todo... —se lamenta la infeliz.

Comprendo la situación. Miro alrededor y malamente distingo el blanco de los ojos en muchos rostros abetunados e impasibles. Pueden hacer de nosotros cecina. Son una partida de hambrientos a los que nada importa el prestigio de la Revolución; que no tienen tiempo para pensar en la redención de la miseria colectiva por medio de los turistas.

Convenzo a las mujeres para salir inmediatamente del peligro en que estamos y —a pesar de las protestas de la asaltada, que balbucea venganzas vagas— torcemos en la primera encrucijada hacia la avenida episcopal con policías.

Allí nos despedimos de las vascas y caminamos hacia el lugar donde quedaron guardados nuestros pasaportes y el fajo de dólares de reserva. Queremos seguridad, la misma a que estamos acostumbrados. Cada guardia en bicicleta que adelantamos me trae a la cabeza, despejada a golpe de adrenalina, la idea del raquitismo con que el gobierno cubano se enfrenta a la conversión de una economía falsa en otra posible, real.

Evitamos al promotor de la Perla del Obispo arrimándonos al lado contrario de la avenida estrecha, que tiene menos luz, y nos llevamos un nuevo susto: de pronto se abre la puerta de una furgoneta con el motor encendido y, ¡plaf!, delante de nuestros pies cae al suelo un cuerpo largo.

La furgoneta arranca y ya me veo —maldita imaginación— ante un cadáver humano. Pero al momento se abre la puerta de la casa por la que pasábamos y a la luz que de ella sale podemos ver sobre las piedras un cerdo grande, abierto y destripado.

Los vecinos recogen el cadáver de suíno clandestino y nosotros apretamos el paso, Inés agarrando el bolso colgado de su hombro; yo, agarrándole el brazo libre a ella...

No respondemos palabra a los pedigüeños, y nos precipitamos en el hotel respirando con alivio. En el fresco del patio pedimos agua mineral, lo que de verdad demanda el cuerpo. Alrededor de la mesa vecina, unos españoles de habla neutra, castellanos viejos o riojanos, relatan algo peor que lo recién vivido por nosotros.

Fue a pleno día, en Cayo Largo. Dejaron las pertenencias en la playa, se metieron en el agua divina, caliente de dar gloria, y, cuando se pudieron dar cuenta, ya se escondía por el matorral un canalla que se les había llevado todo, ¡todo!, desde las zapatillas a las gafas de sol.

Se quedaron en traje de baño.

Por fortuna para quien viaja por Cuba, con todo arreglado, los representantes de la agencia consiguieron que los trajesen de vuelta a La Habana.

Hicieron denuncia y —eso fue lo más loco de la anécdota— no se les admitió la palabra "robo". En los documentos quedó, en su lugar, *extravío*. Curiosa forma de censura para inventar seguridad ciudadana [15].

En la habitación, atontado por tanta vivencia, aún soy capaz de recordar que, además de pasear y ver, tengo otro cometido.

Marco el número de teléfono de nuestro hombre.

No hay señal de llamada.

Algo extraño pasa.

Decido dormir.

Peixiño

En el comedor del hotel hay gente desde muy temprano. Y pajaritos, que se arriesgan por el interior hasta el punto de morir. Los ventiladores hacen girar las aspas a la altura del techo, lenta mas poderosamente. Los gorriones penetran y se desorientan. Se oye un golpe romo, de cuerpo blando, y cae al suelo uno de los voladores atrevidos. Un niño negro que habla francés recupera el cuerpecito caliente, sangrante, y acaricia sus estertores...

Sigue la fidelidad de los matrimonios de ocasión entre mulata y español. Los sabedores de genética aseguran que nosotros, los europeos, somos mezcla de asiático y africano; pero debió de haber complejísimas evoluciones durante miles de siglos para que un danés corpulento y rubio saliera de los genes que dan un vietnamita o un pigmeo.

De lo visto en el pueblo de La Habana, hay bonituras poderosas, hombres y mujeres logrados en una dieta corta pero suficiente. Quizá —en busca de lo estético— se podría hacer una armónica selección de figuras de chocolate que representasen la identidad de un país hispanocaribeño con dos aportaciones principales: la de los "hijos del bárbaro Alarico y del árabe Tarik" —colonizadores ya amalgamados— y la de las naciones negras, secuestradas cerca del Ecuador...

Pasamos por la central de comunicaciones y nos dan un facsímile de vaga nota de nuestros hijos: sobre el perro, que tuvieron que llevar al veterinario... En Galicia hay veterinarios; y medicamentos, hasta para perros.

Salimos al sol y a la negritud general, ofrecida. Minoritariamente pálido, el viejo que vende el *Granma* a la puerta del hotel consigue que hoy se lo compre. Me pide un peso, avergonzado; me dice que no le llega para vivir con la pensión y que revende lo que se supone periódico. Le doy un dólar. Recibo una llorosa sonrisa de agradecimiento, una sonrisa de ojos azules que me evoca la de alguien de nuestra parroquia. En las palabras escasas del hombrecillo seco quiero buscar acentos míos. Y lo hago con miedo, por si este perdedor tiene algo que ver conmigo de veras, algo que me obligue a matarle el hambre por unos cuantos días con unos cuantos dólares.

Le doy la doble hoja del diario a Inés para que me la guarde en su bolso y seguimos, yo pensando que no se puede hacer caridad con una nación entera. Dios (qué curioso, el concepto vuelve del pasado a perseguirme cuando veo tanta necesidad) no me puede obligar a preocuparme por más gente de la que soy capaz de recordar.

Entramos en el frescor del Centro Gallego. Cuando llegamos a la oficina de la Xunta, don Jesús y Gerardo conversan con Fuco. Fuco ya tiene preparado el discursito de la Patria y comenta que a estas horas en Compostela se ha de vivir un final amortiguado de romería política. Hecha la ofrenda a Santiago Apóstol (sabiendo los curas, cínicos, que el hereje Prisciliano es quien se enterró en la catedral), lanzados todos los discursos, ondeadas todas las banderas, la gente se habrá ido a comer, cada cual según sus posibilidades, pero siempre con abundancia.

Duro es hablar de abundancia a estos gallegos viejos cuando debajo de nosotros está el almacén de la leche seca para los que ya nada esperan salvo morirse suavemente.

Fuco cuenta entrevistas con cubanos de su profesión o afines, y sugiere hacer una expedición de ingenieros europeos a ver lo que solo queda en algún museo por el mundo adelante. Parece que la isla es un museo de artefactos. En su hotel se encontró a un ingeniero industrial portugués que volvía a Cuba por recordar vivencias, después de veinte años. Este hombre, comunista cargado de ilusiones, cuando en Portugal se empezaba a poder decir de qué partido era cada uno, había venido a trabajar en una obra importante, una fábrica de harina en Regla, en la bahía de La Habana.

La harina era para él un fundamento social. Le recordaba a *António das Mortes*, el matador de *cangaceiros*; al film de Glouber Rocha, a aquellas frases definidoras del personaje de viejo cacique: "*Baptista, abra o armazém, dê farinha e carne seca para o povo...*"

Farinha: harina, en unas Américas aterrorizadas por el yanqui. En la bella juventud, nos parecía todo lo mismo, fuera el *sertão* brasileño o la Antilla Mayor. Pero ahora, pasado el tiempo que nos roe y nos lleva a la tumba, el hermano portugués decía que las cosas no podían ir a peor, porque el mal de la isla no era el ahogo causado por el capitalismo norteamericano sino el socialismo castrista en el que él había creído —y que solo sirvió para dejar a la vista los vicios de los cubanos.

Durante la construcción de la fábrica, él había visto cómo los trabajadores subían al último piso acabado simplemente para dormir la constante borrachera; cómo, según lo construían, el silo de la harina se inclinaba, cual torre de Pisa, hasta tocar al armazón del molino; cómo dejaba de funcionar el sistema de bombas del silo mientras el molino seguía produciendo y la harina se amontonaba en una explanada

—para que el viento la arrastrase y con ella cubriese todo en un rasgo de surrealismo, de nevado paisaje tropical.

El trigo para la harina (más surrealismo socialista) procedía de un país con hambres históricas y desastres organizativos: Rusia...

Desde el Centro Gallego (o lo que jurídicamente sea), hice varias llamadas al hombre que tenía que contactar. Sin resultado.

Don Jesús nos habló de las confluencias culturales en la isla, de los resultados del mestizaje entre formas de entender el mundo africanas y españolas. Después me tendió las hojas prometidas con datos sobre el Centro. De su mecanografía perfecta salían fechas, nombres e intenciones:

> ...acordándose que la sociedad que se fundara se había de llamar Centro Gallego, Sociedad de Instrucción y Recreo.
>
> La primera junta general reglamentaria se celebró el 8 de febrero de 1880. Las dos primeras "secciones" del centro que se constituyeron fueron las de Instrucción y Recreo y Adorno y Declamación.
>
> En 1881 se inauguró el Plantel de Enseñanza Concepción Arenal, con profesores voluntarios que enseñaban: Lectura, Religión y Moral, Gramática Castellana, Escritura, Aritmética, Teneduría y Cálculos Mercantiles, Historia Universal, Geografía Universal y de España, Inglés y Francés.
>
> Los primeros alumnos matriculados fueron: 34 en Escritura, 15 en Lectura, 10 en Gramática, 14 en Aritmética, 11 en Teneduría, 13 en Francés, 12 en Inglés.
>
> En 1885 había ya matriculados 689 alumnos...

Hacemos un alto en la lectura.

—Está claro lo que les importaba a estos paisanos —comenta Inés—. Y también la idea de la filantropía que tenían.

Si salían de Galicia analfabetos, aquí tenían que aprender, aunque solo fuese para volver a su aldea e ir a leer el periódico al barbero.

—Había mucha necesidad de gente para la administración de las empresas —el señor Barros añade clarificación—. Pero también la gente quería aprender por aprender, por saber, por tener cultura.

—Entonces —tercia Fuco— todavía se podía aprender de memoria una enciclopedia...

Proseguimos con el informe:

> ...La primera piedra, procedente de la cantera de Parga, en Lugo, fue puesta el 8 de diciembre del año 1907.
>
> Dentro de ella se depositaron: el recibo del asociado número 1, José María Allegue, y el de la asociada número 25.033, doña Emilia Pardo Bazán, la última inscrita en ese momento en las listas sociales.
>
> En 1915 se inauguró el palacio con una temporada de ópera en su teatro...

1915, año cumbre en la vida de don Remigio. En La Habana vio rematado el edificio de sus desvelos "regionalistas" y oyó en él las estridencias italianas de la ópera sin las cuales no se podía *ser gente* en aquel tiempo. Viajó a su aldea profunda y contempló como ya funcionaba la escuela mandada hacer por la Sociedad de Instrucción, y como le ponían el techo a la casa que señorea la belleza natural que llamamos ría.

Era rico, y la riqueza le venía de lejos porque el mundo está loco. Sus escritos dan pistas:

> Don Servando, nuestro maestro, que tan bien hablaba y enseñaba el castellano pues era de Logroño, nos decía que parásemos por la carretera a quien viniese en el mejor coche abierto, que probablemente habría sido alumno suyo, preparado por él para emigrar; que le preguntásemos si había hecho fortuna en

Cuba trabajando a jornal, empleado, o aventurándose por cuenta propia, trabajando para sí...

Nuestro abuelo se había aventurado, tan pronto pudo. Y tuvo suerte: "La Guerra Europea fue muy beneficiosa para la economía de la isla. Quien tenía industria o almacén de comercio hizo mucho dinero...".
Me perdí. Me fui de lo inmediato a la vida del abuelo mientras los compañeros de esta mañana seguían leyendo. Y vuelvo al repaso de la historia del centro en 1961, en el momento de la confiscación.

Entonces funcionaban por la noche clases para adultos, que ofrecían: Gramática Española, Inglés y Francés, Mecanografía y Taquigrafía, Cálculo Mercantil, Teneduría de Libros, Contabilidad, Álgebra, Aritmética, Escritura, Geografía Comercial, Corte y Costura y Bordados.

Existía también la Academia de Bellas Artes, donde se cursaban Dibujo, Modelado, Solfeo, Piano, Instrumentos de Cuerda, Declamación y Arte Dramático.

El número de socios había progresado sin parar. En 1881 había 701; en 1890, 8.387; en 1904, 10.040; en 1913, 41.000; en 1920, 53.664; en 1961, más de 59.000.

De las magnitudes económicas del Centro da idea un balance del año 1957, cuando el peso cubano y el dólar estaban a la par. Las cuentas fiscalizadas por contadores públicos y publicadas en el *Diario de la Marina* muestran unos ingresos de 1.298.775, 46 pesos.

—¡Que bárbaro! —Fuco no se reprime—. ¡Casi un millón trescientos mil dólares del año 57!
Barros y Noche ponen cara de satisfacción total, beatífica. Barros añade como colofón:

PALACIO DE LA CIRUGIA EN LA CASA DE SALUD "LA BENEFICA" DEL CENTRO GALLEGO DE LA HABANA.

—Pues todavía hay que contar lo de la Casa de Salud, *La Benéfica*. Eso ya funcionaba en 1894 como propiedad del Centro. Y otra cosa: ayer hablábamos de cuántos gallegos habría aquí echando la cuenta por los socios del centro. Pero hay que mirar que esos eran solo los socios varones. Las mujeres tenían otra sociedad, con más de treinta mil socias cuando se produjo la intervención del Estado...

Fuco dice que tiene un desayuno con un escritor, alguien relacionado con *Lateral*, una revista literaria de Barcelona. Se va a marchar. Noche está preparando el acto de la tarde, preocupadísimo con la afinación de un piano. Don Jesús me concede un poco de conversación amable; me regala dos monedas de la economía autóctona, dedicadas a Martí y al Ché Guevara. Pero también anda con la preocupación del Día de Galicia.

Inés y yo decidimos irnos yendo, a donde fue Peixiño, el barrio de nuestra parroquia allende los mares. El señor Barros nos indica el camino hasta los muelles de donde parten las lanchas que cruzan la bahía. Nos habla del Muelle de Caballería y del Muelle de Luz.

Salimos. Floridita, La Zaragozana, La Nueva Poesía..., ya nos vamos familiarizando con los hitos del paisaje inmediato; y con las peticiones a las que nos hacemos sordos:

—*Guan dola.*
—Una monedita.
—Un chicle.
—Un caramelo...

Estos mendigos infantiles solo deben de parar en horario lectivo. Curioso el país donde los niños de la calle están escolarizados.

Los mayores, antes de pedir, ofrecen:
—Puros
—Ron
—Un restaurante... —un restaurante ya a estas horas, cuando se supone que el turista trae el estómago lleno.

Pero el muchacho es simpático de veras, buen mozo, con un algo de elegancia hereditaria; y mucha retranca. Nos habla de las "paladares". Dice que estos negocios de dar comida a los turistas tomaron el nombre de un culebrón brasileño, historia de una chica pobre que acababa teniendo establecimiento propio de hostelería llamado *Paladar*. En teoría —amplía la información— el gobierno da licencia para un número pequeño de

mesas en que servir; pero la gente siempre se las arregla para colocar una mesita más en un cuarto escondido; y para tener contentos a los inspectores, que no rechazan el menú cuando es gratuito. A su familia —concluye el espontáneo— le va bien porque los viejos todavía se acuerdan de lo que era comer e intentan reproducirlo con imaginación y recursos exiguos. Lo malo es que hay gente que no recuerda comida que dé placer. Él, que tiene veinticinco años, solo vio manjares en el cine...

Habana flash

Las *paladares* no son los únicos negocietes privados con clientela. Por la calle hay también rejas y agujeros en la pared a los que se acerca la gente. Venden bocadillos o café, cosas sencillas que a los bien comidos no nos atraen.

De lo más castizo de La Haban Vieja se tuerce hacia la avenida del puerto. Se pasa por un gran edificio de la aduana en el que un letrero de fondo rojo y letras amarillas proclama PELIGRO DE DERRUMBE con sinceridad *naïve*. Al lado del letrero,

en la sombra del portal que puede derrumbarse, dos pardos de uniforme verde claro y boina verde llamativa ven pasar por la avenida un mundo de camiones cargados con todo tipo de suministros.

Una negra policía, retinta y bonitona, me indica la situación del embarcadero:

—Enfrente del *Bal Tu Broder*.

Curiosa la diglosia de este personal. Ya sé que soy turista, pero me había dirigido a la funcionaria policial en castellano normativo. Y, sin embargo, ella intentó hablarme en inglés. Inútilmente, porque el bar (que me sugiere tiempos sin restricciones, de marinos con dinero y ganas de cerveza) tiene un clarísimo nombre español: *Bar de los Hermanos* (¿o es que antes se llamó *Two Brothers*?)

Esta zona portuaria hierve de actividad. Hay edificios en construcción, con camiones, grúas, hierros, barullo y negros de torso desnudo que ya buscan una sombra para dormir, derrengados por el calor de la mañana.

Otros negros, con la espalda brillante de sudor, cargan un tren viejo, estropeado, en medio de la avenida. Camiones y coches supervivientes de todas las faltas de mantenimiento posibles echan humos infernales por delante de peatones y ciclistas, que intentan cruzar para donde las lanchas se mecen al amor de las olas.

Hay un barco chino altísimo, porque está descargado. Debe ser interesante el panorama desde su borda —pienso— e, imaginando el hormiguear humano bajo ese punto de vista, me viene a la memoria lo que me contaba el Silverio de nuestra aldea.

Cando llegó aquí, creyó que "todos eran carboneros". Asomado a la borda del barco, todo cuanto hombre veía haciendo labor era retinto, de una casta que Silverio nunca había visto. Porque los de la parroquia venimos siendo hijos de precelta ignoto, y algo de celta, de romano y de germano: todas tribus de piel clara.

Para reasegurarnos del embarcadero, preguntamos; y un nuevo espontáneo (esta gente de La Habana es un primor) nos tranquiliza y después dirige nuestra atención a un edificio que fue embajada española, mirando al mar con un escudo del régimen que Franco trajo y la democracia se llevó.

Entramos en el embarcadero, dividido con varilla de acero en corredores. Un corredor es para *Ciclos* y otro para *Personal* (a pie). Los viajeros de la lancha a Casablanca se ordenan debidamente. Llega la lancha y avanzamos hacia ella con la mirada en el agua cubierta de una gruesa capa de grasa, aceite, petróleo y demás perversidades de sentina y depósito de combustible.

Pagamos billete de diez centavos de peso verdadero, algo así como sesenta céntimos de peseta española. La lancha plana se llena de gente ligera de ropa, medio desnuda, sobre todo los pequeños. Muchos vienen en bici con las criaturas, para las que tienen un trato tierno. La gente está acostumbrada a los niños. Aquí los chiquillos no son una molestia, ni juguetes caros que se exhiben siempre vestidos de gala. Rara es la mujer joven que no anda con un crío o un par de ellos.

Haciendo estadística rápida alrededor, se dan todas las combinaciones de facciones y colores de piel; hay una complexión media, sin grandes tamaños, fina, suavemente musculada. Atravesando una bahía mansa, llena de grandes barcos, rodeada de construcciones, navegando y mirando a los compañeros de travesía, uno vuelve a preguntarse dónde colocar el nivel del "suficiente" en un sistema socioeconómico. Cuba, asediada por el colonialismo yanqui y desadministrada por el comunismo propio, es capaz de vivir, de sonreír, de cantar, de tener hijos (que no han de ser producto de la ignorancia y el celo donde los ginecólogos abundan).

Nadie pide nada abordo. Y surge una agradable sospecha: que la pedigüeñería se concentre en La Habana Vieja y vaya perdiendo virulencia según uno se aleja del circuito de los turistas.

Acertada suposición. Desembarcamos en Casablanca, seguimos por un universo de cables eléctricos mal tendidos, de raíles mal colocados, de calles reventadas, de casas con hendiduras, de faroles sin bombilla... pero aquí ningún mendicante nos asalta.

Una cerveza en el muelle, a la sombra de los primeros árboles. Se paga en dólares y el dueño del tenderete deja ver fajos de notas de banco del vecino opresor.

Casablanca va trepando por la loma que a su izquierda corona la fortaleza de San Carlos, y que acaba en el fuerte del Morro. Atravesamos la sombra acariciante del parque mencionado por Xosé Neira Vilas en su libro de entrevistas Gallegos en el Golfo de Méjico y entramos al sol de cualquier calle tórrida.

Caminamos sin rumbo, intentando imaginar lo que fue vista de los ojos de nuestros paisanos. Se oye gente en lo oscuro de las viviendas de una sola planta con grandes ventanas enrejadas, del suelo al techo, que reproducen los esquemas de la España del sur llevados a todas las Américas calurosas.

En una casa diferente, verde, con otras pretensiones arquitectónicas, nos fijamos en los rostros de hombres viejos, blancos.

—A lo mejor son gallegos —pienso en alta voz.

—Pregúntales —Inés se interesa.

Un resto de timidez me hace mirar alrededor, sabiendo que los viejos nos miran; porque quizá nunca vean aquí turistas.

Reparo en una logia masónica también pintada de verde, con columnas negras y descoloridas.

Por fin, me atrevo. Subo las escaleras y busco el mirar directo de los observadores, sentados a la sombra de un cobertizo en el primer piso. Les pregunto si aún quedan gallegos por aquí. Se les iluminan las caras, colección incontable de arrugas: los infelices van a tener algo interesante de que hablar.

—Pasen adentro, a tomar agua.

Rechazamos el ofrecimiento por precaución, pues —estamos avisados— la del grifo puede ser fatal para nuestros intestinos. Entonces aquellos cuerpos arrugados, sin más ropa que un bañador ligero, se levantan cortésmente; y empieza un ametrallamiento de nostalgias:

Fueron grumetes con los gallegos que ya no quedan aquí. A sus órdenes harían muchas singladuras en el Golfo como las relatadas por patrones y marineros de otrora a "un escritor español" (Neira Vilas en la descripción que sigue).

Primeramente se navegó en barcos de vela, "viveros", así llamados porque procuraban retornar a puerto con pescado en vivo, lo que limitaba la marea. Cuanto se pillaba —con línea y anzuelo, que las redes son muy modernas en estos pagos— iba a parar a grandes tanques en los que entraba libremente el agua del mar.

Las tripulaciones eran mayormente gallegas, y los patrones también. Había "isleños", menos, y muchos menos cubanos. Mandaban los gallegos, que hacían la maniobra toda en su habla y por eso había que aprender a entenderla. A los grumetes les llamaban "rapaces"...

Por la calle pasa una procesión llamativísima de mujeres morenas vestidas de blanco (saya, blusa y turbante), hermanas de alguna cofradía de santeras. Atento a ellas, pierdo parte del relato de los pescadores que se atropellan por mostrarme cuanto fueron mis paisanos en Casablanca (curioso el contraste: candomberas revoleando la cadera ante la sede de una logia. Maravilla de país acogedor de todo).

Las mareas —retorno al informe— se hacían de veinte a treinta días, mientras durasen los mantenimientos de boca. Por veces el pescado moría y los gallegos tenían arte —que enseñaron— de salarlo, aunque con la sal perdiese mucho precio la mercancía.

Pasado el tiempo, se les metió motor a los barcos y se hacía navegación mixta, porque la vela ahorraba mucho gasóleo. También se empezó con los "neveros", que ayudaban a conservar fresca la captura. Y finalmente se entró en la técnica de los congeladores.

De todo eso sabían los gallegos. De todo enseñaron, antes y después de la Revolución. Muchos llegaron a armadores, dándole pecho al Golfo que, ya se sabe, se levanta con huracanes atroces. Y así los cogió la nacionalización, con barco propio que no siempre tuvo el trato debido.

Los gallegos eran tipos duros como nadie. Vivían en unas barracas que llamaban *Paisiño*...

—Sería *Peixiño* —interrumpo, y los viejos recuerdan el sonido del diptongo gallego con su *xe*:

—Sí, sí, así lo decían ellos. Quiere decir Pescadito —se ufanan con el recuerdo.

Tampoco era que, exactamente, los gallegos viviesen en las barracas. Vivían a bordo casi siempre. En Peixiño guardaban las cosas y podían dormir alguna vez. Pero siempre comían en el barco.

Aquella vida siguió así hasta que las barracas "cogieron candela". Pero duró buen tiempo; antes de que ardiese, por *Paisiño* (la pronunciación galaico-portuguesa no les resulta fácil) pasaron muchos hombres, que acabarían volviendo a su tierra o casándose y haciendo familia aquí. El que sabe "hacer el cuento" de todo aquello es el Pipela, que vive en Regla —si todavía vive, porque ha de ser viejito...

Nos despedimos. Recuerdo a Fuco. Van pasando las horas y debemos acompañarlo en su discurso de la Patria, o de la "Matria", como al él le gusta decir.

En el calor, que aplasta pero no mata a quien ya sobrevivió en Sevilla o en Asunción del Paraguay, vamos subiendo la pendiente que lleva al Cristo, donde nos dijeron que hay un parque y una panorámica amplia de La Habana y su bahía.

A mitad de la cuesta asfaltada, llena de basura a lo largo de los bordes, paramos para mirar el lugar que ocupara Peixiño y del que no quedaron restos (pobre madera quemada) para la arqueología. Si el Centro Gallego debería ser sitio de peregrinación de todos los naturales de Galicia, esto que ahora vemos, terreno volcado en la bahía frente a la ciudad de La Habana, debe declararse santuario para las gentes de las rías que se abren al Golfo Ártabro, entre Ferrol y Coruña.

Mucha vida dejaron ahí los nuestros. Hasta algo dejaron del habla: los viejos que nos acaban de resumir su contacto con los pescadores inmigrantes, repetían un sospechoso "de aquella", versión castellana del *daquela* —"entonces"— gallego.

A nuestras espaldas, el Cristo blanco, con melenas, barbas y túnica (¿serían así los judíos hace dos mil años?), dispone una mano al modo de los curas dando la bendición.

Seguimos. La Habana se nos va ofreciendo en la distancia, extensa y llana, proyectada contra el mar, dentro y fuera de la bahía.

Al fin de la cuesta-basurero, un soldadito monta guardia cerca de la entrada de la fortaleza. Hierba, árboles, sombra, sol, piedra blanca en la cumbre, estatua que desafía las tormentas tropicales con un discreto pararrayos en la nuca. La Revolución no se llevó bien con los curas, pero tampoco abatió los símbolos de la Iglesia Católica. Ni acabó con el santerío africano. Sabia la Revolución atea que pondera la necesidad de imágenes y creencias del pueblo...

Vista espléndida de la capital caribeña, regalo de los ojos que no se anuncia en turísticos prospectos. Se pierde por un lado en el fondo de la bahía, marcada de símbolos industriales, entre los que sobresalen las chimeneas. Hay verde de plantas y azul de mar; y muchos barcos de gran porte, anclados, amarrados a los muelles. La naturaleza hizo un favor enorme a las humanas codicias: he ahí tanta agua abrazada por la tierra protectora... Frente al Peixiño memorable, se yergue la Aduana (que desde aquí no parece derrumbarse) y los edificios modernos de la avenida del puerto. Más hacia la bocana se descompone la regularidad de la edificación y

descubrimos que es La Haban Vieja lo que reclama su poder de piedra noble. Sobre el caserío, la cúpula del Capitolio. Y, a partir de ahí, en busca del mar abierto, una línea de alturas diversas —alguna provocativa— haciendo imaginar voluntades de urbe mayor y moderna.

La bahía de La Habana no es de belleza marcante, pero sí encantante; y la ciudad, a lo lejos, no deja ver las heridas del asedio y el abandono. Quien la vea como nosotros ahora, desde Casablanca, y la imagine como debió de ser en el esplendor de los buenos tiempos, ha de comprender el hebraico lamento de los exiliados.

La Habana es el Jerusalén del Caribe...

Hay un bar cerca de la plataforma que sostiene al Cristo. En él compro agua mineral y descansamos a la sombra del parquecito limpio, con bancos. Una gente habla inglés norteamericano. Parejas se besan largamente. Un grupo familiar desenvuelve comestibles y nos mira. Le pido a Inés el *Granma*.

Enternece —porque recuerda al pasado perdido— ver una hoja mal impresa, con aires de clandestina. En la cabecera de página, la imagen de Fidel y sus guerrilleros, todos jóvenes, todos irguiendo las armas. Al pie, la consigna del día: *Proeza tras proeza, siempre es 26*.

Mañana, día 26, se conmemora el XLIII aniversario de los asaltos a los cuarteles Moncada y Carlos Manuel de Céspedes.

Así se escribe la Historia; y ya van media docena, o más, de presidentes norteamericanos teniendo que tragarse el sapo mañanero que desde aquí les mandan. El último, el zurdo Bill, era un chaval cuando Castro andaba dando batalla. En sus tiempos de la universidad, Bill quizá llegó a tener un *poster* del Ché...

Un titular: *Unión Europea reglamenta represalias a la Helms-Burton*.

Otro: *Los cubanos resolverán sus problemas como consideren oportuno*. Eso es lo que dice, en un alarde de neuronas activas, Francisco Frutos, secretario general del Comité Federal del Partido Comunista de España.

Otro más: *Condecorada Alicia Alonso en la República Dominicana*. No le puedo decir a Inés —porque no me lo perdonaría— lo que siento al pensar en esa anciana reseca y ágil que usufructúa el Centro Gallego de mi abuelo: que el ballet es algo histérico, tensionado coma la faz de la Alonso; algo antinatural, olvidable...

Las páginas van perdiendo tinta y, cuando se llega a las declaraciones de Carlos Lage en conferencia de prensa, ya cuesta ver las facciones del ministro con el que andaba nuestro Rafa. Pero se imaginan perfectamente españolas, fácilmente gallegas por el apellido toponímico.

Me gustaría coincidir con este burócrata malabarista en alguna comilona, en una atrocidad de comer y beber a la gallega; y en el momento mejor, cuando se estuvieran yendo unos vapores —los del vino— antes de venir los próximos —los de la aguardiente—, pedirle que me dijese la verdad de lo que *Granma* recoge "taquigráficamente" —atrasadísimamente— en el tiempo de las grabadoras.

Tres páginas de Lage. Mucha teoría. Demasiado que tragar.

Después, deportes, algo en lo que los cubanos destacan. Y, ojo, mucho cuidado: la mismísima TIME tuvo que reconocer cómo los cubanitos son capaces de superar a los yanquis en ese estupor de *baseball* que los europeos no llegamos a entender. Vivan los cubanos y sus cojones.

Contraportada: *¿Dónde fueron tomadas estas fotos de Melba y Haydée?* Reportaje testimonio de un episodio revolucionario para consumo interno. *Holguín, la tierra del níquel*, por Alexis Rojas Aguilera, completa la página y tiene un poco más de sentido para quien intenta saber desde fuera lo que se cuece en Cuba. Ese periodista de horrísono nombre ruso y apellidos castellanos deja entrever, con prosa sabrosamente sovietoide, la importancia de un producto de la isla en el que están interesadas potencias mundiales que no temen a los estrategas del Pentágono.

Níquel y cobalto: algo serio...

La familia vecina de asiento, que come bocadillos y bebe de un termo en dosis pequeñas, nos mira fijamente. Debe de tener un añadido: cuatro de sus miembros son blancos pero otro es negro.

Con la excusa de ir al barcito (a preguntar algo y no comprar), el padre cruza por delante de nosotros y nos observa de cerca, derivando un amable "buenas tardes" que le respondemos.

Pienso que ya nos fichó por nuestra respuesta a la castellana normativa, y no yerro en la apreciación. A la vuelta del bar, se atreve:

—¿Ustedes son españoles?

Se lo confirmamos y enseguida nos vemos envueltos por todos ellos y sus particularidades. Ambos cónyuges tienen un primer apellido gallego y un segundo canario. Los acompañan dos hijos, y el agregado evidente: Boris, que está haciendo el servicio militar —del que se libró el mayor de la familia, por sabio, estudiante de bioingeniería.

Como salidos de un retrato antiguo de burgueses y nobles, el padre es moreno de ojos oscuros y trazos faciales rectos; la madre, rubia de ojo acuoso, hecha en curvas suaves toda ella; el chico, semejante al padre, de cuerpo atlético; la mocita, una flor de mujer trigueña... El Boris de carbón podría ser su esclavo favorito.

Incapaces de reaccionar, observamos cómo se libera una avalancha de emociones, escuchamos a todos —menos al negro militar a la fuerza, mudo y observante.

Siempre quisieron encontrar gente gallega de verdad, de Galicia. El padre de Luis —este atrevido *pater familias*— era de *Volga*, Pontevedra; y el de Candela —la señora modosa— de *Borja, Orense*. Entendemos Valga y Barxa y seguimos a la escucha de un relato de gallegos metidos por las provincias de Cuba, primero dependientes, después comerciantes con buen rendimiento de negocios. Uno de los viejos se especializó en café, otro en aceite. Ambos se casaron con criollas.

Después del triunfo de... *ellos*, los gallegos no se marcharon porque querían al país de acogida; y se quedaron sin nada que vender —ni nada que ganar. El estado confiscador fue pagando poco a poco lo confiscado con un dinero que no servía.

Los hijos cayeron en un enamoramiento post-revolucionario que las haciendas paternas no pudieron arropar:

"contigo pan y cebolla". Pero Candela tiene un tío en Miami. Ese fue más listo. Gracias al tío, a veces la sobrina consigue lo que aquí es imposible.

Sabiendo cómo podrían vivir en los Estados Unidos, sin embargo este matrimonio nunca intentó huir. Saben que en Cuba deben resistir todos los contrarios a... *él*. Porque, si no resistieran, los barbudos canosos, viejos, dinosáuricos, acabarían teniendo razón.

Luis me sorprende con una pregunta directa:

—¿Cuántos años esperaron ustedes a que el suyo muriera?

—¿Cuál nuestro?

—Franco.

Un temblor leve me toca la espina dorsal. Es miedo. Vuelvo a mucho tiempo atrás, a cuando la Brigada Social controlaba todo y no sabíamos quién era el espía. Quizá por instinto, miro al Boris de piel de antracita y dudo en responder:

—Hubo quien esperó casi cuarenta.

—Pues nosotros llevamos treinta y siete esperando...

¡Puf! Primera mirada al reloj: a las cinco no le podemos faltar a Fuco.

De repente, las conversaciones están divididas: Candela, Candelita —la hija— e Inés van por un lado. Luis, Pedro —el hijo— y yo, por otro. El moreno, sentado en el respaldo del asiento, observa alrededor, centinela consciente de la clandestinidad peligrosa del encuentro. Yo intento recoger las dos conversaciones al tiempo; callo y escucho, afirmo o niego:

Candela dice que falta de todo; que la vida de un ama de casa es un constante rebusque. Habiendo viejos (su madre vive con ellos) la cosa se pone peor, porque los viejos no comen cualquier cosa, y menos si siempre comieron con decencia. Todo se basa en cerdo, pollo y pescado; no hay leche y la "carne de res" está prohibida, no tiene precio; el conseguirla puede causar problemas serios con la policía. La gente come todo con fríjoles y arroz, que vienen sucios. Candelita y ella pierden horas sin fin limpiándolos, para que la familia conserve la dentadura.

Siempre fríjol con arroz, la "comida criolla" de los panfletos...

Luis es ingeniero eléctrico y se formó en Checoslovaquia, donde le daban clases a través de un intérprete (imagino la situación y debo de poner cara de asombro, porque el hombre se reitera en lo dicho: el nunca entendió el checo y sin embargo aprendió de motores). Allí había muchos cubanos trabajando por un sueldo mísero e iban arreglándose con nostalgias aplastantes de su isla.

Cuba mandó a mucha gente fuera, a trabajar y a luchar. A la guerra de Angola fueron infinitos cubanos, y montones de ellos volvieron en cenizas —recogidas en cementerios especiales, con pompa y loas a los mártires: unos mártires forzados porque ir a la guerra de Angola era algo "voluntario" pero, si uno se negaba, se quedaba sin trabajo.

La familia está aquí porque vinieron a recoger las cosas de la *beca* de Candelita. Vinieron de su ciudad de lindo nombre, que aparece en los escritos de mi abuelo Remigio ("buena plaza para el comercio, pero alejada de la capital"), con la gasolina justa, medida. Y fueron a buscar a Boris, para que saliera y viese algo porque el muchacho no tiene para moverse ni comer fuera del cuartel. El soldado es vecino y pertenece a la misma "comunidad cristiana" de ellos.

Esta declaración implícita de actividad religiosa llama mi atención; como la llama la carrera de Candelita: informática. Pregunto por máquinas de uso en la universidad y alucino al descubrir la escasez de medios prácticos con que se forman mis colegas cubanos (capaces de programar maravillas cuando echan mano a equipos modernos, como ya les vimos hacer en España).

La *beca* no es lo que creíamos y nos confundía: una bolsa de estudios, sino un apartamento de estudiantes, en este caso, chicas.

Luis y Candelita relatan con aparente insensibilidad la epopeya sucia en que se enredaron al ir a tomar posesión de la *beca* a principios del curso. Descubrieron que estaba en el noveno piso de una torre en la que el ascensor no funcionaba. La puerta no tenía cerradura, el piso aparecía inundado; las paredes, cubiertas de humedad. El cuarto de baño —en casa donde se suponía que habían vivido mujeres universitarias— era una letrina hedionda, con el retrete lleno de heces; y faltaban los caños del agua de la bañera y el lavabo.

La muchacha tenía que quedarse. Luis, con ayuda de un hermano (en casa del cual se alojan cuando vienen a la capital), hizo de carpintero, fontanero, pintor y electricista, consiguiendo los materiales de donde no se puede explicar a un extranjero.

Acabado el año lectivo, hoy venían de allá, de recoger todo lo recogible —hasta la cerradura, para evitar que asaltantes de verano les reventasen la puerta.

Item más: en esa torre de apartamentos —caso común en La Habana— solo hay agua corriente una hora al día. La bañera, por tanto, se usa como depósito (Inés y yo evitamos preguntas sobre higiene personal en clima sudoroso).

Vuelvo a mirar el reloj y hago un esfuerzo de voluntad: nos tienen que perdonar pero vamos al Centro Gallego, a la celebración del día mayor para nosotros. Quedan sorprendidos por el significado del 25 de Julio en Galicia. No entienden lo de las comunidades, la autonomía, las fiestas de patrias menores.

Están tan interesados en contarnos su vida que se nos unen en el descenso al muelle de Casablanca y embarcan con nosotros en la lancha.

Luis relata lo poco que vio de una Europa sometida a los rusos, muy triste, muy fría pero en la que había cierta abundancia de suministros: por ejemplo, zapatos, que le compró a su mujer en Alemania Oriental —por donde viajó combinando trechos nocturnos de viaje para ahorrar noches de pensión.

Eso no es Europa, intento explicarle, pero tampoco me excedo en el relato del buen vivir occidental, que él nunca palpó, porque me parece una indecencia.

En la miscelánea saltante de temas tratados, descubro que la mitad de la maquinaria cubana no funciona porque fue canibalizada para mantener la otra mitad en funcionamiento; que la *yuca* es un manjar de hacerse la boca agua, tubérculo blanco preparado con salsa de aceite y ajo; que los rusos llegaron a mandar catorce millones de toneladas métricas de petróleo al año, de las cuales el gobierno cubano vendía dos millones en el mercado libre para conseguir dólares a cambio; que el sueño de una cena de Navidad es el lechón bien asado;

que la legislación prohíbe explícitamente las manifestaciones religiosas, por lo que las misas son una provocación...

Cuando nos vamos a separar, frente a la Aduana, le doy a Luis un gran disgusto. Él creía que en España la gente era masivamente católica y practicante, y la educación religiosa obligatoria en todos los centros.

Le pinto el panorama del país después de cuatro décadas de nacional-catolicismo con Franco bajo palio, de la transición separadora de Estado e Iglesia; de los doce últimos años de socialismo *light* pero laiquizante.

Se quedan tristes porque los seminarios españoles estén vacíos. Y preocupados por eso de las comunidades autónomas, de los idiomas diferentes. Ellos creían que lo de sus mayores gallegos era solo cuestión de acento.

Llegamos al hotel en un desastre de cosa con ruedas que se supone taxi, *Lada* con asientos de plástico rajado. El taxista tiene excelente humor: nos dice que él quiere mucho a los españoles, porque gracias a ellos tiene el color —pardo— que vemos; y hace un chiste que acredita su nivel cultural:

—Ustedes saben que Cuba es una isla, pero si hubiera una lengüecita de tierra que la uniera al continente, ¿qué sería?

—Una península —picamos al unísono.

—Pues no, señores. Sería un desierto, porque aquí no quedaría nadie...

En la recepción, lo de siempre: mulatas. Pero unos italianos bombardean a una pobre criollita guapa, lindísima, gaditana de Julio Romero de Torres, que insiste en rechazarlos con el argumento de que está trabajando. Aquí lo verdaderamente exótico son las blancas...

Ducha y cambio de ropa. Me da tiempo a cavilar que Cuba no es una bananada completa. Además de su tamaño (¡mil cuatrocientos kilómetros de extremo a extremo!) tiene gente enseñada en serias sofisticaciones. La familia encontradiza de hoy suma una cantidad de conocimientos que no se encuentran en la familia media de las Américas neocolonizadas: el padre, ingeniero eléctrico; la madre, economista; el hijo estudiando para bioquímico, y la chica metida en la alta computación. Pueden ser la *interface*. Hasta hablan casi español. Sin vergüenza dicen *coger*, verbo prohibido para el general de los hispanoamericanos; y, correctamente, intercalan *coños* en el fraseado. Aún tienen algo de "godos" superiores para tratar con los "indios".

En la televisión aparece el Comandante con su uniforme militar entre extranjeros de traje civil. De repente siento que Fidel está de Carnaval. Es un señor mayor, abogado de formación, político de vocación, patriarca respetable que no se debería andar disfrazando. Ya sé que "proeza tras proeza" mañana —y siempre— es 26 de julio. Pero ya está bien de correr a tiros a los fantasmas de Batista y sus esbirros, ¿no?

No. Tal vez, no...

En el ascensor nos encontramos a un maletero que nos da teoría gratuita, sin recelo de a quien se la da:

—No hay nada peor que montar empresas capitalistas en un país socialista. Ustedes pagan en dólares y nosotros compramos en pesos.

De nuevo funciona en mi mente un mecanismo de tiempos del franquismo: el tipo puede ser un provocador. Me callo, sonrío; e intento evaluar la cantidad de dólares que pueden correr por la Perla del Caribe; cuántos millones estarán bajo control del Estado, cuántos han de correr descontrolados, de la cartera del turista a las manos de la *jinetera* o a las del dueño de "la paladar".

Calor. Calor estúpido porque mi mujer me hizo ponerme la única chaqueta que traje. Sol y vida en el espacio abierto, en parte arbolado, entre el hotel y el Centro Gallego. Edificio soberano, el del Centro, al que la vista se acostumbra pero en el que siempre se descubre algo (en esta tarde, quizá, una tienda de productos típicos cubanos). Esas piedras, que pertenecen a todos los gallegos de toda la Historia de la Emigración, dan cobijo a lo que ni se imagina.

Llegamos temprano. Fuco habla con don Jesús, que le enseña un papel, y con Gerardo Noche, que se me viene a ofrecer para una visita:

—Paisano, esta tarde, después de que acabemos aquí, te voy a llevar a que conozcas a dos hermanos que fueron pescadores de Peixiño.

La oferta me recuerda una llamada pendiente. Pido permiso para hacerla y subo a la oficina. Marco y —¡por fin!— hay señal de aviso. Me responde una señora; pido hablar con nuestro hombre y enseguida oigo su voz:

—Estaba esperando por ti; y tenía miedo de lo que siempre pasa, que me dicen los chicos de la telefónica que en nuestra central ya quedan pocos generadores de llamada y, por lo visto, van turnando las conexiones. Hoy coincidió que me funcionara el teléfono, ya viste.

Me sorprende la palabra abundante, precisa, correctamente gallega, del amigo de mis mayores. Quedamos para la tarde del día siguiente, en su casa.

Una banda con pantalón y guayabera sin uniformidad ensaya, se coloca, mira al público que está llegando. Fuco no va a discursear sin compañía.

La penumbra amable permite ver personas que, a pesar de su vestimenta, nos recuerdan un mundo lejano donde todos los habitantes son claros de piel, y muchos, claros de ojo. En Canadá, uno de Pontevedra me insistía en que hay "raza de gallego", perceptible a simple vista entre gentes diversas. Como hay españoles (esa es mi experiencia) que se distinguen de los demás en el marasmo público: en Israel, los sefardíes son la prueba de españolidad fenotípica.

En la luz poca pero suficiente del salón rescatado por la Xunta veo a Fina, tan ligera y vaporosa de vestido como el cuerpo le ha de pedir. Aviso a Inés. A la amiga inesperadamente recuperada le indicamos una silla junto a las nuestras.

—¿Y Mananxo? —le pregunto, a penas sentada.
—Bah... El Mananxo...
—Voló —arriesgo.
—Se fue para Jamaica —confirma ella...

Don Jesús ya se dirige al micrófono y da comienzo el acto, con el público en pie. Se oyen los himnos de Cuba, de España y de Galicia, en correspondencia con las banderas que presiden. Según suena el "monótono zumbar" del viento en los pinos del himno de gallego, me paraliza una turbación rompedora, un sentimiento de solidaridad arañante con mi pueblo; o con parte de mi pueblo, con los que fueron capaces hasta de inventar un Himno y una Academia en el exilio encubierto de la emigración. El Himno Gallego y la Real Academia Gallega nacieron en Cuba.

Observo algo raro. Alguien se echó por la espalda —con este calor— una bandera blanca con franja diagonal azul de Galicia. Por los rizos, identifico a Rafa.

Don Jesús presenta a Fuco Castelo, dignamente, con la voz quebrada. Rafael tira fotos. Inés y Fina también disparan las cámaras. Hago una rápida cuenta de asistentes: ¿ciento cincuenta? No podría haber imaginado tantos, porque esto —ya sabemos— no es Buenos Aires.

Fuco está perdido de emoción: se le percibe en el habla. Ya pasaron por nosotros muchos años de trato y conocimiento —él con sus novelas, siempre novelando, hasta su propia vida, imaginador, milonguero; yo con mi maldita obsesión de ir relatando lo que vivo, ajustado a eso que llamo realidad pero no lo es, porque lo real sería de todos y lo que escribo solo es mío.

Yo sé el discurso de Fuco, me adelanto de memoria a cada trecho. Para describirnos (sin ayuda de papeles, que odia) el idioma de los trovadores, va a empezar por los orígenes del habla que hace a un pueblo diferente. Después ha de repasar la teoría de las franjas lingüísticas de Península: la occidental, galaico-portuguesa, la central, castellana, la oriental, catalana... y la "isla vasca". Los Reyes Católicos —intentará ser justo— pusieron orden en los reinos pero causaron estragos en las culturas. Pero las culturas sobrevivieron, ocultas en el pueblo. Los gallegos son los embajadores naturales de España en Portugal, y de toda Iberia en Iberoamérica... La Galicia diferente, la *Gallaecia* romana, reducida por los recortes de la política, fue tierra de emigración, que llevó habla y forma de ser a muchos lugares; y hoy es país de acogida, de retorno. Galicia, que tuvo gente de más y padeció hambre, hoy tiene excedentes de dinero y comida, y déficit de población.

El discurso tiene un quiebro final forzado por el momento. Dirigiéndose a los mayores presentes pero apuntando hacia los jóvenes, el orador repite su admiración por las colectividades capaces de obras como las de los centros gallegos de Buenos Aires y de La Habana; y pide que entre todos transmitamos la idea de que la emigración no quedó sin fruto.

Aplausos sinceros, el público de nuevo en pie.

Un grupo de chicos vestidos de calle baila al son de la gaita con donaire de estas tierras calientes. Es la primera vez que veo a un grupo de baile gallego danzar sin ropa apropiada, fuera de ensayo.

Fina da una explicación: la ropa y los zapatos de baile pueden tener mejores usos que bailar donde tela y calzado están racionados. Por lo visto, desaparecieron...

Seguidamente vienen los cantos con piano.

Por fin, el grupo de teatro *A Vieira*, de la Mocidade Galega da Habana, se va a estrenar con el *Romance de Micomicón e Adhelala* del galaico-argentino Blanco-Amor.

Se disuelve la reunión entre múltiples saludos. Con nosotros hay sobrevivientes de las colectividades vasca y asturiana, fidelísimos a sus acentos, viejos dignos en la pobreza de sus zapatos y sus bolsos rozados.

Una señora habla gallego que aprendió aquí, con la voluntad de quien quiere entender por qué lleva apellidos tan castizos.

Los padres de una muchacha de la Mocidade que va a viajar a Galicia con un grupo de niños convidados por la Xunta expresan las complicaciones de hacer familia en Cuba:

—Un hijo es poco y dos son muchos.

Fuco cruza conmigo una mirada rápida. Nos entendemos. Quien piensa así, con egoísmo disfrazado de control de la especie, es miembro de sociedad del primer mundo. Cuba *is different*. Puede ser la *interface*...

Mientras la gente se mueve a mi alrededor, y alguien le insiste a Inés sobre las posibilidades de intercambio entre la universidad de La Habana y la nuestra, me distraigo leyendo el panfleto de la Mocidade Galega. Janet Iglesias cuenta con acierto y humor la historia caribeña del Señor Santiago de los peregrinos europeos:

En nuestro país, en la ciudad de Santiago de Cuba fue celebrado el culto a Santiago durante muchos años; aunque sus seguidores estuvieron quejándose durante largo tiempo de no poseer una imagen del santo patrón.

No fue hasta 1833 que este anhelo pudo hacerse realidad. Al morir Fernando VII (monarca que no gozaba de la simpatía de los habitantes de esta ciudad), se decidió transformar una de sus estatuas en la imagen del apóstol Santiago, la cual fue vestida al modo del campesino cubano: ropa blanca y sombrero de *yarey* con el ala levantada sobre la frente.

Al iniciarse la gesta independentista en 1868, el criollo atavío del apóstol le daba una imagen muy semejante a la del soldado mambí, por lo que todos los españoles de la localidad decidieron vestirlo con el uniforme de los voluntarios, provocando un gran malestar entre la población criolla.

Una noche, la imagen de Santiago fue raptada para ser vestida nuevamente con las ropas de mambí. Ante esto, las autoridades españolas decidieron hacer desaparecer la imagen del apóstol de la vista del público escondiéndola en los calabozos. Esta medida hizo destacar ante los pobladores la imagen rebelde del apóstol Santiago, que estaba corriendo la misma suerte de muchos libertadores cubanos...

¿Qué habrá en los símbolos, en los fetiches, en las estatuas, para que con ellos la víscera de la gente se predisponga? Historia perfecta la de Janet, la cubanita nacionalista; perfecto episodio de una historia mayor, de treinta años de guerra —con santos y sin ellos— entre españoles e hijos de españoles para, finalmente, todos caer en manos del extranjero que los despreciaba.

Los humanos deberíamos nacer varias veces, y yo debería haber venido al mundo la primera un siglo antes; y ser, por ejemplo, empleado de los ferrocarriles cubanos, para andar por estas tierras tomando notas de las visceralidades asesinas de lo que acabó en 1898.

Debió de ser un horror. Los soldados españoles —y los oficiales y hasta sus mujeres— morían de enfermedades del trópico vengativo. No eran suficientes balas, machetes y fuego para ayudar a la Parca...

Pensando sobre el fratricidio cubano en el Centro Gallego de La Habana, masticando mi desventura de no haberlo vivido para relatarlo, me dejo llevar por un sujeto que me había causado sorpresa. Atravesamos los corredores penumbrosos del centro y no nos detenemos hasta estar en el rincón de la *Sociedad de Beneficencia de Naturales de Galicia*.

El tipo que me insistía en la visita a la Beneficencia, "la primera sociedad gallega en Cuba", parece una caricatura: pelo pincho, gris, y morro afilado. Sus gafas completan la sugerencia de erizo estudioso.

Es muy delgado, magro, alto, curvo, echado para delante, hablador. Hablador de más: lleva camisa de uniforme de una naviera española y se identifica como "periodista del Parlamento de Galicia" esgrimiendo una de esas tarjetas que se ponen sobre el salpicadero del coche para demostrar derecho al estacionamiento en el recinto de la calle del Hórreo compostelana, sede de tal institución.

Le doy un par de nombres de amigos funcionarios del Parlamento y enseguida corrige rumbo:

—Aquí estoy de *freelance*.

Con tal introductor avanzo cauteloso hacia dentro del escritorio de la vieja sociedad. Inés me venía siguiendo y, al cederle el paso, me manda una mirada de reproche y un comentario en inglés por lo bajo: deberíamos estar viendo la pieza de teatro de los chicos de *A Vieira*.

Pero aquí estamos, entre cosas antiguas que tantos emigrantes mirarían con cariño y sentimiento de posesión. El cuarto tiene una media cromática que se corresponde con el castaño. Esperan por nosotros un tipo que puede ser gallego y dos que no lo parecen: una rubia falsa vestida de blanco y un sujeto canoso vestido de negro.

Pelopincho nos los presenta. El probablemente gallego prepara cubalibres de urgencia con *Tropicola* (oyendo el nombre, a Inés se le ven en la boca las ganas de reír), líquido jaraboso en el que se disuelven el ron y el agua del hielo.

Bebemos.

La información cae en cascada sobre nosotros:

El gallego dice que hoy es el Día de Galicia y por eso no quiere hablar pero...

Pelopincho lo hace por él: la Beneficencia es de 1871 y todavía le quedan unos quinientos socios. Siendo así, el gobierno gallego la tiene abandonada mientras ayuda a otras sociedades más recientes al frente de las cuales andan cubanos que tuvieron que falsificar documentos para tener de gallego lo imposible.

Inés y yo escuchamos callados, sorbiendo cubalibre cargadito de ron. Me quito la maldita chaqueta, de la que me había olvidado con tantas emociones, y echo en falta a Fina. No está con nosotros porque debió de ir al teatro siguiendo al conferenciante.

En una parada libatoria del Pelopincho, acepto un cigarro del tipo vestido de negro.

El fúnebre se identifica como hijo de vascos, realizador de reportajes para la televisión. Me habla de la presencia vasca en las Antillas; le hablo de la influencia vasca en el ropaje de las pampas argentinas y, cuando me doy cuenta, estamos hablando de viajes, de mundos diferentes.

La moza de blanco (ya mayor, casi metida en los cuarenta) pinta un gesto tristón de labios y ojos:

—Me gustaría muchísimo haber podido viajar —se lamenta, posrevolucionariamente, en pretérito sin esperanzas; y me da mucha pena, porque lo mejor de la vida son los viajes, siempre que haya punto de referencia para retornar.

Aquí solo deben de viajar los de la Cubana de Aviación, siempre que sean fieles al sistema y dispuestos a mantenerlo desde los baluartes internos y externos.

El gallego que no quería hablar y que aparenta administrar los restos de la *Beneficencia* por delegación insiste, generoso, en las bebidas; yo sigo la conversación con la pareja extraña; Pelopincho le está describiendo a Inés su casa en la aldea familiar... cuando aparece la figura grande y lenta de Gerardo Noche.

Al divisarlo, pienso —deseándolo— que venga a nuestro rescate.

Estoy en lo cierto:

—¿Qué, Inés? —le grita, casi—. Seguro que ese *periodista* ya te anda contando lo de la casa con once cuartos y tres baños que tiene en Galicia, ¿no? Pues dile que la traiga para aquí, piedra por piedra, y que se la deje a las jineteras para su negocio.

Se hace un silencio de plomo derretido, pesado y quemante.

—Mira, paisano —ahora Noche me grita a mí—, aquí tengo la dirección de los que vivían en Peixiño —extrae una ficha del bolsillo de la camisa—. Habrá que irse yendo para allá.

Inés se levanta y se pone a dar besos de despedida. Pelopincho, Cara de Erizo con Gafas, amenaza con venirnos a visitar al hotel. Salimos.

El crepúsculo es breve en estas latitudes. Ya anochece cuando, siguiendo a Noche hacia la casa de los hermanos

Rodríguez, naturales de Pontedeume, nos atrevemos a preguntar por los personajes de la *Beneficencia*.

Gerardo se detiene, haciéndose el sordo. Estamos delante del que fuera vestíbulo de banco poderoso, ahora protegido por un negro viejo y dos perros sin dueño. Nuestro cicerone saluda al portero desahuciado, que no se mueve en su butacón al fresco.

Después del saludo, Noche nos responde:

—Si no falla mi psicología de carnicero, que tal oficio tuve, ese que llamáis Pelopincho está loco. Se harta de decir que él anda bien, y andar bien aquí es que no se pasa hambre; pero entonces ya me dirás tú a qué me viene pidiendo leche de la que tenemos para nuestros viejos...

De los otros con los que nos habíamos refrescado la garganta también hace retrato con humorada. Yo escucho, callo y camino. Miro gente y recuerdo lo recién vivido en el Centro. Lástima de no poder quedarse una temporada en La Habana, entre actores de la galleguidad marginal, navegantes en la irreal economía de una isla mágico-realista. Presiento que tendría muchísimo para narrar.

Viejos pescadores

En estas proximidades del Trópico la noche es larga hasta en verano. Las restricciones de energía y la falta generalizada de mantenimiento hacen del sistema de iluminación en La Habana algo episódico. La oscuridad es pesada, aplastante como el calor. Pueden vigilar guardias en bicicleta, silenciosos y múltiples; y pasará alguna pareja de guardias en moto ruidosa —pero ya experimentamos que la capital de Cuba es tan insegura como cualquier gran ciudad sin farolas: oscuridad y asalto van juntos. El peso de la noche en La Habana incita a irse, a buscar otras urbes que sonríen con luz artificial cuando la del sol se debilita.

Havana was a flash, a burst of light below my wings: La Habana era un relámpago, un estallido de luz bajo mis alas, escribió en su biografía el misterioso *Caribbean Night-Flyer*, poético piloto nocturno sobre el Caribe de los huracanes y las islas... No sé si mis ojos lo llegarán a ver, pero imagino —y deseo— una vida normalizada aquí donde tantos aspectos me recuerdan a la España estereotípica, andaluzoide. Algún día ha de haber claridad, aseo, escaparates con algo más que un maniquí sin ropa o un par de zapatos, establecimientos de todo tipo en los que se pueda pagar con billetes y con tarjetas de crédito correspondientes a un signo monetario soberano.

De todo habrá; pero, para que lo haya, en la reconstrucción de las infraestructuras y en la puesta en marcha de los servicios se han de concluir negocios grandes —de grandes compañías— como los que ya se empiezan a hacer. Porque esto de la economía es una falsedad milagrosa: un algo que crece sobre sí mismo, que medra sobre las cifras. Donde no había nada, se pone un dinero, se hace un hotel, vienen los viajeros y pronto se multiplican los capitales de inicio...

Cosa loca, que aquí manejarán europeos y yanquis, canadienses y mejicanos, en un revoltijo de intereses que va a dejar al castrismo en el esqueleto.

¿Tanta revolución para qué?, se preguntan los visitantes críticos.

Para erradicar el analfabetismo, quizá, conceden.

Lo cual ya basta para un país menor como éste, es la conclusión de muchos.

En la oscuridad que asusta, siguiendo a Gerardo Noche, nos estamos acercando al Memorial del *Granma*, relicario de la Revolución.

El *Granma* es el barco de nombre yanqui ("abuela" en lenguaje infantil) en el que el Comandante —él— retornó de Méjico para iniciar la guerra contra el dictador Batista. Tiene gracia triste, embrujo amargo, que las cosas de la Revolución lleven nombres propios del Satán del Norte. Así ocurre con el barco que trajo a los padres de la patria, y con el microdiario en que oficialmente se expresan sus herederos.

El barco está guardado bajo techo, en urna de vidrio, con luz que reborda y marca los contornos de máquinas de guerra:

una tanqueta, aviones... Hay un camión-furgón agujereado de balas, rojo y con un anuncio de *fast delivery*, entrega rápida. Se usó en 1958 para asaltar el palacio presidencial. El comando revolucionario que buscaba a Batista subió a tiros hasta la azotea; pero no encontró al dictador, que se había encerrado tras una puerta blindada. Mandaba a aquellos hombres un español, uno de los Gutiérrez Menoyo, hijo de un oficial republicano de la Guardia Civil. Murió el jefe del comando junto a muchos de sus componentes. Pero otros sobrevivieron y continuó "la lucha por la libertad".

Noche le explica a Inés los detalles. Yo miro vagamente y rumio, cavilo. Al menos la distrofia no les quita el humor a estos hijos de africanos y españoles. Del *Granma* dicen que es el barco mayor del mundo, porque el Comandante embarcó en él a siete millones de cubanos.

Un ruido leve me asusta, y hace a Inés volverse. Gerardo sigue, sordo. Pero Inés y yo paramos: los soldados que están de guardia en el Memorial, tan negros como la noche que nos rodea, piden tabaco a los viandantes.

Le doy un cigarro a cada uno y seguimos.

Las calles hieden blandamente, dulcemente.

Gerardo cuenta detalles de su visita a Galicia, cuando fue Fidel. Las emociones se suceden. Aparecen nuestros paisajes, que sus padres le describían; topónimos mencionados por los hombres de Peixiño, miembros de la familia Noche conocidos y queridos por nosotros, gentes de tribu próxima... hasta que, de repente, corta el relato bajo un farol.

La ficha que Gerardo examina a la luz señala Baratillo 53 como dirección de los hermanos Rodríguez. Nos dirigimos hacia allí. Al cruzar un trecho de La Habana Vieja paseado por los turistas, vuelve a nosotros el enjambre de los pedigüeños y ofrecedores. Hago la observación de que en los establecimientos con escaparate se ven hombres descansando —unos durmiendo ya— apoltronados de diversas maneras. Noche me explica la razón:

—Este país nuestro es muy especial. Aquí se le paga a un hombre para que duerma. Estos tipos solo despiertan cuando el ladrón está dentro.

Especial, sí, por lo irónico. Porque mal se puede uno imaginar nada que robar en tiendas vacías...

Nos detenemos delante de una casa aceptablemente iluminada, de fachada señorial, bien cuidada, las paredes con pintura nueva, barnizado el portón.

Gerardo grita el apellido de los hermanos que buscamos:

—¡Rodríguez, Rodríguez!

Silencio por respuesta. De los balcones abiertos salen ruidos de televisión a la noche tibia.

Por fin suena la cerradura del portón y abre la puerta una señora con un crío de la mano. Gerardo se certifica de la vecindad de los Rodríguez y atravesamos la puerta escuchando el apercibimiento de la señora:

—Tengan cuidao, que se estropeó la luz. Aquí en La Habana Vieja se arreglan las casas solo por fuera, mi helmano, pa que hagan fotos los turistas.

Negrura absoluta. Estamos en el fresco de un patio. Avanzamos arrastrando los pies, adelantando las manos en busca de un asidero en el que afianzar nuestro avance.

Algo de claridad llega del primer piso, y voces sobre el rumor televisivo. Se intuye una comunidad vivaz, de mucha gente, quizá un conventillo más digno que los del Malecón.

Noche llama a la puerta que le indicó la vecina encontrada en el bajo.

Abre un hombre que identifico inmediatamente por la foto de Anisia Miranda en el libro de Neira Vilas. Es Ramón Rodríguez, *Maceira*, el hijo de Maceira, según el texto de *Gallegos en el Golfo de Méjico*: un hombre menudo, con bigote, de mirada mansa y habla invitadora.

Nos convida a pasar tras una presentación rápida. Entramos. Hay mamparas que dividen espacios en la vivienda, parte de edificio sólido, amplio, de techo alto. Un televisor en blanco y negro derrama noticias de sobrecumplimiento de objetivos de producción en Cuba.

Ramón nos ofrece agua:

—Es lo que tenemos —aclara, en un castellano costoso, en el que se mantiene con tentaciones frecuentes del habla vieja. En un momento, refiriéndose a una familiar, dice, mezclando idiomas:

—*Ella viniera canda min* (Ella había venido junto a mí).

Manda buscar a su hermano, Constantino, y enseguida la conversación toma rumbo al pasado:

El padre de ellos, emigrante de ida y vuelta como todos nuestros mayores, fue trayendo a su familia poco a poco. La guerra civil y la posguerra, con toda su letanía de miserias, aconsejaron a los Rodríguez la emigración final:

—*Daquella* en España el aceite era como de máquina, y el pan como serrín —recuerda Ramón.

Constantino se acuerda de ir de pequeño a coger mejillones en las cepas del puente del pueblo, cuando no se iba a enterrar en el lodo a la busca de almejas.

—Era una vida durísima, sin escuela, sin invierno ni verano.

En su intento de hospitalidad, insisten:

—Si quieren agua, no hay problema.

Puede haberlo, estamos avisados. Y seguimos hablando, con sed.

Relatamos nuestro paso por Peixiño y la recomendación que allá nos habían dado de hablar con Pipela (a quien Neira Vilas llama *Tipela* en su libro interesantísimo). Los Rodríguez están de acuerdo en que el mencionado por el apodo —Manuel Permuy de nombre verdadero— era un buen cronista de las vidas y milagros de aquellos gallegos de Casablanca.

Pero ya murió, tristemente. Antes, le tuvieron que amputar las piernas: solución quirúrgica ofensiva para un patrón que aguantó huracanes a pie firme, dando el pecho.

Insisto en la historia de Peixiño y Ramón arriesga una fecha: en 1902 debe situarse el origen de los barracones. Antes de eso los gallegos vivían en Los Cocos.

—Pena de que ya no le podamos preguntar a Antón do Parraxo —tercia Noche; y, como nos quedamos mirándolo, intrigados, explicita—: Se llamaba Antonio Casteleiro y era el padre de mi vieja.

Seguimos (luchando con la sed). Estos hombres me hacen recorrer una adolescencia llena de excursiones en bicicleta:

De Alcacer, en Pontedeume, era Bujía, que se metió en el lío de Playa Girón; Ramiro Fachal era de San Martiño do Porto; Manolo Carballo, de la vuelta de Limodre; Deus, de Barallobre; de Mugardos, los hermanos *Chulillos*, Esteban y Manolo. El "noventa por cien" de los habitantes de Peixiño eran de entre Ferrol y el Eume, y muchos volvieron para allá. Alguno debe de quedar vivo por su aldea, cargado de memorias de Cuba —como aquí Ramón Rodríguez mantiene las de su pueblo, en una foto descolorida en la pared: Pontedeume visto desde la Praza do Conde.

Noche y los Rodríguez vuelven a sintetizar la presencia de los pescadores de mi tierra en La Habana.

Los viejos vinieron a pescar en los "viveros". Enseñaron a salar pescado muerto. Metieron motores. Prepararon los barcos motorizados primero para "neveros" y después para congeladores. Los cubanos fueron aprendiendo. Los gallegos llegaron a armadores antes de la Revolución y después de ella fueron patrones de los *Lambda*, barcos modernos, construidos en ferrocemento.

Cuando Peixiño ya era sólo memoria querida de todos los que aguantaron con vida las singladuras del Caribe traidor, algunos de ellos supieron invertir el dinero que había salido de sudores y peligros grandísimos. Laxe, por ejemplo, tenía dos barcos, *Siboney* e *Hidra*.

La Revolución confiscó los barcos que habían nacido de tanto esfuerzo, que supusieron tanta ilusión. Y lo peor fue que a los paisanos armadores de poca cosa no los indemnizaron de inmediato sino a plazos.

Pasó el tiempo y los pesos cubanos cada día valían menos. Los que fueran dueños de barcos se quedaron tan pobres como los demás gallegos de Peixiño...

La sed obliga y ya son horas de matarla, junto con el hambre. Esta familia sólo ofrece agua; por tanto, nada de comida ha de ofrecer.

Me quedaría con ellos tiempo y tiempo, exprimiéndoles los recuerdos, tomando notas para mí y para Fuco Castelo, novelista tentado de armar una ficción voluminosa con cada informe de realidades ajenas que le transmiten. Pienso que mi amigo erró rumbo en esta jornada: oí a Noche decirle a Inés que se había ido con Fina a algún sarao de cineastas y televisioneros cubanos, tropa que mal le va a contar tragedias como las de Laxe el expropiado, quien supo —y sufrió por saber— donde la desidia revolucionaria había dejado hundirse sus barcos...

Adiós a los Rodríguez *Maceira*, familia de pescadores de la villa de los condes de Andrade.

—Díganme si quieren algo para Pontedeume —ofrezco—, porque yo paso muchos días por allí.

Dan las gracias, con el tono cortés de quien es naturalmente bien educado. Nada quieren para su tierra porque en ella no les queda familia inmediata. Tienen la vida hecha en este inframundo sombrío, de pieles oscuras y noches sin luz eléctrica. Un nietecito lindo y moreno viene a saludar a Ramón. He ahí la excusa más poderosa para abandonar los orígenes sin mala conciencia.

Bajamos la escalera a tientas y cruzamos con miedo el portal, callados. No sé por qué, en la lobreguez que atravieso Fidel Castro me hace recordar a Francisco Franco; ni por qué me pongo a compararlos. Y el Generalísimo me parece más inteligente que el Comandante: el ferrolano consiguió que le desbloqueasen su península; y, cuando llegamos al momento de la apertura, emigrar era fácil para los españoles mientras el turismo florecía.

Al Comandante le falló su parte de genética gallega. A *Cerillita*, no: a un ministro de Trabajo, con lentes ahumadas de fascista, chaqueta blanca del Movimiento, camisa azul y corbata negra de la Falange, lo puso a convencer al pueblo de que meterse con la maleta en el barco de América o en el tren de Europa era un derecho inalienable. Y al de Información y Turismo, vestido de civil, le encargó bombardearnos con la idea de que las costas del Mediterráneo eran de todos, de los conductores de Seat 600 y de los que venían al volante de máquinas imposibles de conseguir en España.

El Enano del Pardo hizo perder presión a la olla político-social dejando que la gente saliera, aunque le montase manifestaciones en el exilio; y dio la opción de que todos sus súbditos disfrutasen cuanto se le ofrecía al extranjero, pagado en pesetas, moneda única del estado...

Ya en la calle, Inés declara su mezcla de hambre y sed; y un raro interés por la comida criolla. Le pido a Gerardo que nos acompañe y, en principio, se niega. Mientras le da explicaciones a Inés (asuntos de familia, etcétera), me callo una sospecha. Recuerdo pedazos de conversación escuchada en el Centro Gallego: "Comer hace coger costumbre y yo hace mucho que no ceno nada —le decía un señor a Rafa—. Aquí nos va a pasar como al burro del aldeano que se le murió cuando ya lo tenía acostumbrado a no reclamar comida..."

Le insisto a Gerardo, y accede. Por la proximidad escogemos *La Mina*, restaurante que viene señalado en las guías.

Otra noche más me veo introducido en un ambiente ficticio, de buena pintura, ropa correcta, mesa finamente preparada. En el patio alegre de *La Mina* hay gentes de estilo y habla europeos; se oyen el neerlandés y el italiano en los intervalos del conjunto músico-vocal que ameniza la refección.

Pedimos el menú típico y enseguida nos llega un adelanto de *mojitos* con explicación del camarero: azúcar, ron, limón, agua y una hojitas de hierbabuena, las que le dan el sabor especial. La hierbabuena se machaca con la cucharita para que suelte el sabor y el aroma que el alcohol del ron disuelve. Invento superior: ¿Cuántos *mojitos* se tomaría el abuelo Remigio? Sin escaseces, llena de ron y perfumes, esta Habana debió de ser un potente imán.

Noche cuenta los momentos finales del Centro Gallego, antes de la incautación. El último presidente fue Camilo Vila. El Centro, más viejo que la república, que apoyó a la república frente al resentimiento español por la guerra perdida contra los "insurrectos", se veía de repente sin la entidad jurídica adquirida en aquel viejo régimen. Muchos socios dieron por perdido su patrimonio en la isla y decidieron abandonar, incluso el Centro de sus amores.

Cada escapada era una historia novelesca, y el embajador de España supo jugar. España nunca le dio la espalda a Cuba, ni cuando los yanquis presionaban a Franco, que estaba en las manos de ellos para la reconstrucción de su país. El generalísimo no defendió la entidad que acogió a Castelao, diputado republicano y galleguista, pero tampoco dejaba que se apretase de más a los gallegos capitalistas. Hubo un caso en que el embajador tuvo que recordarle al gobierno de Castro que *Iberia* era una compañía del gobierno español. Y que el avión de *Iberia* no despegaba sin que subiera a bordo un gallego perseguido por opositor al socialismo.

Tras los benditos mojitos, vienen tamal con relleno dudoso, fríjol duro, arroz seco, carne de cerdo reseca. Protesto (para nosotros, no para el camarero que supongo inocente e insolvente). Inés le quita peso a mi crítica. Callo imaginando a Fuco en el ambiente de sofisticación internacional de los que consumen productos de *diplotienda*. Gerardo Noche parece quererme interpretar el pensamiento; y dice rotundo:

—Vosotros venís aquí por el romanticismo de tanto que allá os contaron los viejos. Pero los que vivís en Galicia, con todos los manjares que allá hay, en Cuba no tenéis nada que disfrutar. Por mucho que nosotros la queramos, por ser cubanos, esto es lo que es. Hasta cuesta encontrar un tomate.

Inés y yo nos quedamos callados tras la crítica gastronómica de este gallego alófono, que habla como nosotros solo de oídas. Hay tristeza en los rasgos de sus ojos claros y come pausadamente, quizá recordando las delicias de la mesa en nuestra tierra.

Mas, de súbito, en esos ojos surge un punto de malicia mientras mira a los cantores del conjunto, todos negros, que repiten algo afro-cubano-español:

Quiri-quiri-quí, mandinga;
quiri-quiri-quí, mandinga;
cómo lo baila Manolo
con la morena Dominga.

Después nos mira y asegura por lo bajo:

—Los gallegos siempre se llevaron mejor con las negras que con los negros.

Ponemos sordina en la risa por respeto a los artistas. Y yo me intereso por el *mandinga* de la canción. Para mí es algo del demonio, porque así le llaman en tierras de antigua habla pampeana. Pero Gerardo me da información diferente:

—Mandingas aquí son negros de una casta. Negros los hay de muchas castas. Los cabrones de los ingenios de azúcar dejaron África medio vacía de cuanta nación tenía.

Volviendo a la seriedad, nuestro guía recuerda el acierto del castrismo para borrar fronteras en una sociedad fácil de dividir por el color de las pieles. En eso, Cuba dio un salto histórico.

Al hilo del racismo, Inés saca del bolso la fotocopia de un papel viejo. *Venta de animales*, pregona un periódico habanero de 1839. Bajo este epígrafe aparecen dos ofertas: un caballo de seis cuartas y tres pulgadas del casco a la cruz y "una negra criolla, jóven, sana y sin tachas, muy humilde y fiel, buena cocinera, con alguna inteligéncia en lavado y plancha, y escelente para manejar niños". Piden por ella quinientos pesos.

Hablamos de los "cabrones de los ingenios", de aquellos ancestros nuestros que discutían si los negros tenían alma pero reconocían humildad y fidelidad —virtudes de catecismo— en una esclava...

Los cantores horrísonos, con derecho a violín desafinado, preguntan preferencias de canción de los comensales y ofrecen casetes con las grabaciones de su arte [16]. Inés quiere un bolero, y les da un dólar sin quedarse con la música oculta en cinta magnetizada.

Mi compañera goza el bolero, lo tararea; y yo callo por respeto, apenado: los viejos cantantes del *Floridita* son tan viejos que ya debían ser profesionales antes de la Revolución y algo les quedó, pero estos son jóvenes.

Cuando se aleja el conjunto, Gerardo me propone ir a visitar mañana a otro gallego de Peixiño, también de nuestras aldeas. Acepto. Echo cuentas del tiempo y ajustamos hora de salida, temprano.

El camarero viene a ofrecer postre. Dudamos, y él nos deja para que hagamos selección. Inés, que anda de caprichos, fresca, la palidez rósea de su piel observada cuidadosamente por los morenos, dice que le apetece el *pudding*.

Noche la disuade:

—El *budín* se hace en todo el mundo con pan viejo...

Entendemos y callamos: donde escasea el pan, se puede imaginar recogido de las sobras de las mesas, o hasta del suelo, para ser reciclado. No tomamos postre y el cubano vuelve a estar triste. Pido la cuenta: cincuenta dólares, y solo me gustaron los *mojitos*. Estoy pagando seis meses de sueldo de muchas profesiones de este país. Una locura.

Solicito abonar con tarjeta de crédito y empieza la espera. Mientras tanto, Noche cuenta las dificultades de la gente del campo, que quizá coma lo suficiente pero tiene carencias mayores porque no puede echar mano de un dólar.

El dólar es la maravilla, el brebaje, el ungüento mágico. *La Mina*, el Floridita, La Zaragozana, La Bodeguita del Medio, El Patio..., todos son negocios del Estado que producen dólares para ayudar en la cuenta del petróleo, impagable desde que los rusos dejaron de mandarlo. Trabajar en la hostelería y recoger propinas es una bienaventuranza.

Lo del petróleo es lo más sensible en Cuba; la gente de La Habana anda mirando si la antorcha de la refinería echa fuego y humo; porque, si no, va a haber apagón tarde o temprano... No se anda en "ciclo" solo porque los coches estén deshechos, sino porque la gasolina del racionamiento es poquísima, ciento sesenta litros al año a precio en pesos; y después, si puedes, la pagas casi a dólar el litro; llena el depósito de un *carro* y verás cuántos sueldos le echaste... El personal roba gasolina en las dependencias del Estado, porque son de todos [17].

Esto de Cuba me recuerda los tiempos peores de la Argentina, cuando la gente perdía las horas del día cavilando cómo conseguir un mango —peso o austral— para ver qué podía comprar con él; o cómo echarle la uña a lo que era del Estado.

Mi mujer le está contando a Noche una historia del hotel, que a ella le contó la camarera en la confianza de ser hija de gallegos, y después de recibir como regalo un frasco nuevo de desodorante con bola.

Las propinas —es la historia— se reparten entre todo el personal de los establecimientos; pero una compañera, que se iba a casar con un muchacho español, se las guardaba como una urraca; las escondía en un lugar secreto para que no le encontrasen dólares en el registro de salida. Su plan era traer a su novio de cliente y entregarle el tesoro.

Así lo prepararon pero, al ir a buscar lo escondido, se dieron cuenta de que alguien había pasado antes por allí. Alguien que habría observado a la chica. Alguien a quien no registraban...

Cuántas fábulas de la privación... Y ahora, por fin, los papelitos de la *VISA* para firmar.

Firmo y salimos a la noche, procurando ir por los trechos más iluminados. Gerardo le va "haciendo cuentos" a Inés, de picardías de hombres y mujeres: surge de ellos una Cuba linda, fresca, grácil, sin miedo al Dios justiciero, vengador, de los curas de la España goyesca... Yo voy callado, sumido en las honduras a que me precipitó la sensación de perdedor. Yo perdí porque heredé pérdidas de mi abuelo: años de su vida, hasta 1915, su mocedad completa. "La única salida para la juventud de nuestra parroquia era la emigración a La Habana —dice en sus escritos—. Allá nos fuimos y muchos trabajamos pensando que, para ser honrados, era necesario dejar hecho en la isla tanto trabajo cuanto dinero girábamos a nuestra tierra".

Visto lo que voy viendo, el trabajo y las intenciones de mi abuelo fueron desperdiciados...

Cuando me di cuenta, estábamos delante de *La Moderna Poesía*. Gerardo, parado, con los ojos de gato relucientes y una sonrisa de sarcasmo, ya contaba su versión de la historia del gallego apodado Pote:

—El Pote era un tipo famosísimo; llegó a tener la mayor fortuna de la isla, o poco le faltó. Hizo un puente sobre el río para urbanizar Miramar y la gente todavía habla de "el puente de Pote"... Él era el dueño de La Moderna Poesía, que era librería e imprenta. El hombre empezó a comprar libros viejos por La Habana adelante con un carrito y acabó imprimiendo la lotería nacional... El caso es que en cierta ocasión se descubrió que había dos primeros números de la lotería cubana, uno aquí y otro en Caracas. Entonces el ministro de Hacienda llamó al Pote y le preguntó cómo podía ser eso, y el Pote le dijo al ministro que no se preocupase: que el Estado pagase el primer premio de aquí y él ya pagaría el que había aparecido en Caracas... El tipo duplicaba las series de números de lotería y tenía una organización paralela de vendedores... Pero acabó mal con el desastre del año 29. Se ahorcó cuando, según dicen, solo le quedaban ocho millones de pesos... Le llamaban Pote porque quiso ser inspector de industrias farmacéuticas y, haciendo un examen práctico, armó una humareda diabólica; y cuando los profesores le preguntaron qué había hecho, dijo que se le había puesto a hervir lo que tenía en el *pote*.

Anécdota redonda. Perfecto punto final para un larguísimo día; para demasiadas vivencias. El cuerpo pide blanduras de cama.

Nos despedimos del gallego-cubano amante de lo propio a su manera, respetuoso a pesar de las chanzas. Mañana será otro día, otra experiencia...

En el hotel se mantienen los matrimonios birraciales de ocasión. En la recepción tenemos fax de nuestra casa con humorada: la policía descubrió un escondrijo de la ETA cerca de nosotros pero no detuvo a nadie de la familia. El perro tiene gastroenteritis. La abuela (la madre de Inés) pasó a hacer inspección.

Sobre lo de la ETA en Galicia ya había comentado algo Fina en el Centro Gallego. Habíamos pensado que era hipótesis pero, por lo que dicen los insensatos de nuestros hijos, debe ser cierto... Lo raro es que a *él* (el Supremo) no le saliese ninguna ETA en esta isla brava, rodeada de cayos, a dos pasos de las bases de la contra —hasta con una base del enemigo en su propio territorio: porque Guantánamo está ahí, dedo en la llaga abierta, fácilmente utilizable como punto de origen para cualquier operación secreta.

Si no hay eso es porque el sistema policial es perfecto y sumaria su actuación (recuérdese de nuevo lo que contaba Avelino Nogueira del desafecto "sumido" en Nicaragua), o porque el pueblo —palabra protodemagógica— está concienciado de veras sobre el valor de su libertad con hambre y, por tanto, delata cualquier sospecha de desafección.

Si fuera así, viva el pueblo cubano enemigo del "gusano"...

En el ascensor Inés da muestras de impaciencia. Quiere comprobar qué hay de cierto en la noticia de España. Yo sigo en mis cavilaciones:

¿Y por qué los yanquis, después de Bahía de Cochinos, no hicieron una invasión en toda regla?

Durante la guerra fría —supongo— porque eso no entraba en los movimientos sobre el tablero geopolítico que habían amañado con los rusos; y cuando cayó la Unión Soviética porque una cosa es destruir todas las defensas de los cubanos con cohetes y bombas inteligentes, lanzados desde aviones y submarinos indetectables (espléndido campo de tiro, la isla vecina) y otra, muy diferente, enfrentarse a una guerrilla aliada con el bosque y las enfermedades tropicales. El ejército español —inútilmente— llegó a juntar doscientos mil hombres en Cuba, que morían deshechos en sangre y heces...

Desde el televisor del cuarto, Televisión Española vía satélite confirma la detención de un comando de ETA en Galicia. La CNN ignora el asunto. Las cadenas cubanas dan deportes y un culebrón.

En el devaneo que antecede al sueño, se me mezclan tres imágenes de este inolvidable Día de la Patria Gallega: La Habana casi llana, armoniosa, de suave color, vista desde la otra banda de la ría angosta; los *rapaciños* sin traje de baile danzando al son de las gaitas en lo que fuera el bar del Centro de sus abuelos; la negrura espesa de las escaleras interiores de Baratillo 53, resumen del apagón general de la ciudad.

Mañana clara. En el buffet del hotel nos acompañan los pajaritos, los turistas con pantalón corto y las mozas de la vida puta, que se llenan el buche con disimulada fruición. Cuando llegó el *boom* del turismo a España, las castas españolas (que nunca besan por frivolidad, según la tonadilla adoctrinante) pasaban hambre a su manera; y los bravos españoles demostraban capacidades amatorias con las turistas (las suecas como trofeo). De ahí se deduce (caray con la manía que me entró) que don Francisco ("el Comandantín" para los ovetenses) era mejor jefe del Estado que don Fidel ("el Comandante" para todos los hispanoamericanos).

Hoy hay silencio en las obras porque es "feriado nacional", conmemoración —ya sabemos— del asalto al cuartel Moncada: *Siempre será 26*, consigna famosa. Desayunar en esta terraza fresca, con toda la abundancia que se imagine, es un placer —solo estropeado de vez en cuando con la imaginación de los desayunos imposibles de los ancianos gallegos de La Habana, que aún han de recordar aquellas lejanas *papas* de pan con leche de su infancia...

Gerardo Noche se nos presenta tarde y preocupado, pidiendo disculpas y revelando de inmediato que la pasada noche maldurmió. Al llegar a casa, su mujer le dijo que había muerto un paisano. Hubo velatorio y entierro.

Fuco se viene a despedir de nosotros, de nuevo vestido de anunciante del *Camel Trophy* y acompañado de un muchachote vasco con una *mountain bike*. El vasco habla mucho, dice que tiene "unos meses de paro" y anda recorriendo la isla con su artefacto rodante. Fuco anuncia novela: le contaron un caso de gallegos carboneros, mezclados con gallegos comunistas y con gallegos metidos en el contrabando, todos ellos preparando la llegada de Castro y... Tiene montones de notas tomadas, y documentos. Contrató el servicio del vasco y de un cubano que conduce un *jeep* ruso oxidado. Van a recorrer los paisajes agrestes de los gallegos fabricantes de carbón de leña.

Inés le hace advertencia sobre las perversidades de los bichos selváticos. Yo callo que no me gustan nada ni el vasco de piel roja y ojos grises ni el cubano todo de azabache.

Pero Fuco Castelo ya lleva sobreviviendo casi cincuenta años y bien puede seguir vivo otros pocos más. Para referencias, le doy el teléfono del hotel de Varadero donde vamos a estar. Inés le toma fotos para la posteridad: pelo y barba grises, piel tocada de sol, gafas oscuras, camisa y pantalones bastos, color caqui, las mangas subidas, cinto fuerte y botas.

Mientras posa, cuenta que el Mananxo se fue a Nicaragua pasando por Jamaica: el señor economista, por lo visto, tuvo una discusión con un tipo muy castrista en la casa de Fina y decidió poner mar por medio. Imagino las frases precisas de Mananxo, flambeadas con ron, anatematizando desviaciones de la doctrina de Karl Marx...

Con intencionada lentitud, nuestro Gerardo de La Habana nos lleva por calle uniforme, toda de portones altos con persiana metálica —hoy bajada por ser festivo.

Aquí estuvo "la universidad del comercio" en que se formó don Remigio. La llama así en sus papeles, y quiero imaginarlo en los interiores de algún establecimiento con estanterías hasta el techo llenas de ropas ricas, de medias de seda que le sugerirían piernas lindas, armonías de mujer, fuegos de amor, a juzgar por el espacio que les dedica en las páginas que fue escribiendo. Me quiero meter en su vida; quiero verlo enamorando con la palabra y los bigotes a las criollas que le concederían favores mientras su alma se agarraba a la virginidad de una muchacha de la parroquia lejana, de allende el mar, terruño al que dedicaría constante *saudade* (porque "donde uno nace no se olvida").

A Remigio, de jovencito, al poco de llegar a Cuba, una enamorada le prestaba libros de la librería de su padre, que él leía amorosamente, cuidando de no sobarlos para que la chica no fuera castigada. Del almacén de paquetería salía tarde para el amor, y para la lectura.

Vivía allí, en el almacén, en la que ahora Gerardo califica de Avenida de los Bárbaros:

—Porque estaba llena de gallegos brutísimos, que trabajaban como demonios —explica—. Esto era todo almacenes, del textil, o de ferretería, de bronces... Los empleados vivían en la tienda, y había cuartos para clientes que venían a comprar de las provincias. Era una maravilla el concierto de la mañana, a las ocho, cuando se levantaban todas estas persianas...

La Habana de mi abuelo se imagina como un inmenso escaparate de mercancías, entradas por el puerto para ser distribuidas por la isla. Tenía que hervir de actividad.

—Mira, paisano —Noche se detiene delante de una "peletería" (zapatería para nosotros)—. Esto era de un gallego listísimo. Se hizo millonario importando zapatos: compraba una partida de pares y mandaba que se los enviasen divididos, primero los de un pie, después los de otro. En la aduana declaraba que cada partida era de muestras, o de descartes. Cuando completaba los pares, los casaba y era una gloria: no pagaba arancel.

Un gallego listísimo en un reino de chapuceros bailadores del "son". Tenemos una estadística pendiente e imposible, la que aclare cuántos gallegos emigrantes triunfaron y cuántos fracasaron; y, de los que murieron satisfechos lejos, cuántos hicieron algo productivo y honorable y cuántos vivieron de la pillería o del crimen.

CUBACEL. Aquí hay teléfonos celulares, aunque parezca imposible... De camino al puerto, atravesando el ruinerío continuo, parece inútil, onírico, que alguien pueda utilizar algo tan sofisticado como el radioteléfono.

PONCHERA. Noche aclara el significado: ahí reparan cámaras de ruedas.

—En Cuba, cuando pinchas, se dice *ponchaste*.

Inés explica:

—Esto es como lo de *enteipar*. Tomaron de los yanquis *puncture*, que se pronuncia como algo semejante a *poncha*; y de ahí derivan verbo y sustantivo referente a la profesión. Vaya historia...

Las aguas de la bahía de La Habana son negras; la bahía es una sentina engrasada. En la lancha que nos transporta a Regla, cada mujer joven lleva un niño o va embarazada. El país de Castro tiene y tendrá gente. España decae, Galicia muere. Nosotros pertenecemos a la última generación que formó familia en el País de los Emigrantes. La generación que sigue a la nuestra vive tan solemnemente bien que no se arriesga a dejar la casa de sus padres, ni a formar pareja, ni a tener hijos —simplemente por miedo a perder la buena vida.

Señor Castro, háganos una revolución; métanos en un periodo especial para que nuestros jóvenes pierdan el recelo de existir...

Tocamos tierra en un mundillo animado, donde nadie pedigüeñea ni molesta al viandante foráneo. De nuevo, edificios coloniales de un solo piso, elevado, ventanas del suelo al techo con reja, puertas de buena madera claveteada. Si las casas estuvieran repintadas y los hilos eléctricos tendidos con orden, andaríamos por un entorno urbano bien gracioso.

Hundidos en el suelo de la calle van los raíles por los que un tren lento —como el caminar de Noche— avanza persiguiéndonos. A quien se le cuente en nuestras tierras, le puede parecer demencial: un tren por medio de la calle, y chiquillos que salen a mirar y celebrar su paso:

—¡Mami, el trencito!

Asustados, nos arrimamos contra la pared de la única casa bien caleada y dejamos pasar la máquina asustadora y los vagones que la siguen, avasalladores. Después del revuelo, nuestro guía aprieta el timbre. No tarda en abrir la puerta un sujeto con camiseta de tirantes.

Es de edad avanzada pero recio y ágil en los movimientos. Tiene estatura mediana y complexión fuerte, pelo rubio y ojos claros. Resulta despistantemente centroeuropeo pero habla gallego correcto.

Nos manda pasar mientras recibe con gusto nuestra loa a la lengua en que se expresa.

—Esta es mi Biblia. Practico con ella —muestra un ejemplar manoseado de las obras completas de Curros Enríquez, el gran bardo galaico-cubano.

La casa es amplia y no sufrió desastres en el interior. No la dividieron con mamparas. Un ventilador pone en movimiento el aire penumbroso del salón en que nos acoge el paisano, hijo de nuestra parroquia, hablador destemido:

—Tan pronto abrí ya me di cuenta de que érais gallegos, no solo porque vinieseis con el Noche. Nosotros tenemos algo diferente... No hace mucho vinieron otros gallegos, un matrimonio como vosotros mirando por las cosas de los ancestros... Digo poco tiempo pero ya hace, ya hace... Hace porque entonces los dólares aún eran una complicación... El caso es que yo ya llevaba dos meses sin probar nada de grasa ni lavarme con jabón cuando mi hija me dijo que presentía que algo iba a pasar, y mira tú si pasó, que llaman a la puerta y aparece aquella gente con un sobre que traía cien dólares dentro, un billete de cien dólares, que para vosotros no es nada pero para nosotros es una exageración... Esta gente me traía los cuartos para compensar el favor que le hice a un abogado que conocí cuando volví a Galicia por primera vez, que me pidió que le buscase aquí en La Habana la partida de defunción de su abuelo y la de nacimiento de su padre. Y se las busqué y se las mandé, que para él tenían muchísima importancia por culpa de las herencias de la familia. Y por eso me trajeron los cuartos.

Hay una interrupción. Una señora de nuestra casta pero suave habla cubana se anuncia mientras avanza con una bandeja en la que trae vasos.

—Es limonada, fresquita.

Se la aceptamos de buen grado; y el hombre sigue su historia:

—Les di las gracias a aquellos viajeros y entregué a nuestra hija el billete para que lo negociase y para que comprase lo que más necesitábamos. Quiso comprar dos botellas de aceite y le vendieron una; pero jabón consiguió suficiente. Me duró mucho. Aquí hacemos con el jabón una cosa muy rara: nos lo pasamos por el cuerpo después de habernos lavado con agua. Así queda el perfume pegado a la piel...

Noche organiza un recorrido por las memorias de este navegante del golfo de Méjico que Neira Vilas no debió de entrevistar. Los *barracos* de Peixiño lo llevan a un conjunto de compañeros que toman vida en su habla rica: hombres que existieron y murieron; que quedaron aquí, casados con mujeres de la tierra; o que se volvieron.

Peixiño era una alegría como la que contagian los ojos azules de este paisano. Allí se trabajaba pero sobraba lo que faltaba en la España miserable de Franco:

—El mayor orgullo de un patrón era que le dijesen que alguien venía a comer a bordo. Entonces le decía al cocinero "echa carne y patatas a la olla, rapaz"... Nunca tanta carne comí como cuando anduve embarcado. En esos tiempos, cuando llegué, comprábamos un ternero grande y le dejábamos la cabeza y el cuero al matarife. Con la carne toda llenábamos la nevera del barco, y tira millas... —hay un silencio y un gesto de añoranza—. No éramos capaces de comer tanto.

Una vez, como se nos estropeó la nevera de la cocina, hubo que tirar un costillar por la borda.

—¿Y te acuerdas el punto donde lo tirasteis? —interrumpe Noche.

—¿Cómo quieres que me acuerde, hombre?

—Pena, carajo —concluye Gerardo—, porque, como anda esto, todavía habría quien lo fuese a buscar...

Nos reímos y bebemos limonada, tan refrescante como el ventilador y como la sombra interna de la casa. Todo se junta en un placer tranquilo, que acompaña la charla.

Nuestro anfitrión va completando la visión de Peixiño con la llegada de la Revolución:

—Eran unos bárbaros, aquellos funcionarios del principio. Se les metió en la cabeza que los barcos no debían tener ni palos ni velas porque eran cosas atrasadas, y mandaron quitar todo. Mucho peleé para hacerles entender que con la vela se ahorraba un treinta por cien del gasoil... Yo sufrí su ignorancia, pero otros compañeros sufrieron algo peor: les nacionalizaron los barcos en los que tenían todos sus ahorros metidos. El error de la Revolución —concluye, rotundo— fue cargar la mano contra el pequeño propietario.

Tenía razón, entonces, mi abuelo: Fidel y su tropa habían tocado en sagrado...

Pero este vecino está contento de su vida en Cuba. El país le permitió educar a sus hijos en una cultura tecnológica superior. Son ingenieros, saben de exquisiteces nucleares.

Oso poner en duda los conocimientos de quien solo puede aprender en libros viejos, no con aparellaje de último diseño, y el padre de los ingenieros cubanos salta como una centella. Defiende a su país de acogida, del que no se piensa marchar, hasta conociendo la España de los últimos tiempos.

—Aquí estaremos mal, pero en España hay mendigos.

Cree que me voy a ofender pero le doy la razón e Inés me lo agradece con una mirada compañera.

El viejo se ablanda, y sentencia:

—España está padeciendo la explotación de Europa, y por eso tiene gente pidiendo por las calles. La segunda vez que fui allí, vi más pobres que en la primera.

—Pues menos mal que nos vigilan los europeos —Inés intenta hacer una gracia—, porque, si no, los que se acaban de ir de la administración no dejaban nada.

No le agradó el chiste a nuestro nuevo amigo:

—Felipe González y el PSOE pusieron el país a andar. Lo malo es lo que tenemos en Galicia —dice en tono agresivo—. No queréis recordar que Fraga pidió la muerte de Grimau.

Callamos. Sorbemos limonada. Si nos liáramos a discutir de verdades históricas, podría ser que no escuchásemos aventuras.

—Nosotros no olvidamos nada —el hombre retoma su discurso en un tono más suave, pasándose la mano por el pelo—. Nada. Nosotros sabemos como eran los fascistas. Mirad: mi hermano era comisario político y una vez, en el frente de batalla, le trajeron un prisionero de rango para interrogarlo. Cuando lo vio, se dio cuenta de que era vecino nuestro. El tipo, según encaró a mi hermano y comprendió su función, le dijo "Soy el coronel Jáudenes y estoy dispuesto a morir". Entonces mi hermano le dijo que tuviese calma, que no lo iban a fusilar sino a interrogar, y además se dio a conocer y le dijo que con un paisano siempre habría una deferencia. Entonces el otro le dijo que no comprendía cómo no lo fusilaban de inmediato, porque ellos tenían orden de hacer así con los enemigos de rango que cogieran. ¿Qué os parece?

Le hablo de Mola y de Franco, de un ejército acumulador de derrotas, batido en Cuba, en las Filipinas, en Marruecos. Tenían que demostrar de lo que eran capaces e inventaron una guerra doméstica. Coincidió eso con tiempos en que el fascismo se hinchaba como un globo pavoroso por toda

Europa. Fue una conjunción de fuerzas. A mi abuelo casi lo fusilan por defender la propiedad de la escuela pagada por los emigrantes en La Habana. Lo acusaron de galleguista separatista y masón...

Algo en el corazón del emigrante en camiseta hace quebrar su voz y brillar sus ojos: él estudió en aquella escuelita defendida por don Remigio. Recuerda bien a don Remigio, que "siempre tuvo coche".

Su padre también había sido emigrante en La Habana y amigo de mi abuelo. Aquel viejo emigró de casi niño y vino a pescar a Peixiño; fue en el tiempo en que la república cubana se estaba organizando, cuando a los españoles residentes que no se declaraban tales los documentaban como ciudadanos cubanos. Así fue como su padre se convirtió en ciudadano del nuevo Estado.

Después retornó a Galicia, se casó y tuvo los hijos. Y volvió a La Habana, como tantos emigrantes. La documentación cubana original se le estropeó en el ciclón del año 26 y la tuvo que conseguir de nuevo.

Esa fue la razón de la aventura grandísima que pasó el hijo para huir de una España "nacional" que no perdonaba relaciones de parentela con comunistas.

El hermano comisario político de este fabulador talentoso se tragó la hiel de la derrota y, desde Francia, consiguió saltar a Cuba. Pero la Guardia Civil y los falangistas presionaban a la familia.

Había que huir. Siendo hijo de cubano, teóricamente no le podrían negar pasaporte y visado de salida. Mas la policía española se negó al trámite porque los documentos del padre, referenciados por la embajada española en La Habana, tenían fecha posterior a la del nacimiento del solicitante (ya que eran los renovados después del ciclón).

Y ahí comenzó la odisea, las idas al consulado cubano en Coruña; la protección del cónsul para que en la comisaría no le rompieran los papeles que aportaba en un intento de demostrar la antigüedad de la ciudadanía cubana de su padre, el dinero que le dio para que pagase el trabajo del fotógrafo que copiaba los documentos... Después, el pasaje del barco con las plazas completas en un momento en que la gente huía del racionamiento y el hambre; por fin, un interminable viaje en tren a Vigo pasando por Monforte y las ocultaciones —retrete hediondo por medio— para eludir el control de la policía, que exigía un "tríptico", salvoconducto para viajar los mozos en edad de defender la dictadura de Franco amenazada por la intervención de los aliados en paralelo con la guerrilla.

La aventura espeluznante terminaría en Vigo, en el encuentro, de súbito, con el mayor paseador de nuestra parroquia, falangista asesino con apellido incitador al ateísmo: Deus (Dios en gallego).

El muchacho, que ya había identificado su barco en el puerto, que a él se dirigía con la maleta, se imaginó detenido, encarcelado, torturado, muerto como los que aparecían en las cunetas de las carreteras.

Pero el criminal mostró una alegría grande por encontrar a un vecino y lo acompañó hasta el barco. Le facilitó los trámites. Hasta le dio recuerdos para tantos de la parroquia que estaban en Cuba.

Cuando se despedían, Deus todavía le dijo:

—Si no fuera por lo mucho que tenemos que defender en España, yo también me iba. La Habana tiene que ser una maravilla...

Cuánta novela se podría escribir si hubiera tiempo. Solo con escuchar una historia así y relatarla paso a paso: los papeles, el viaje en el tren, el encuentro con el fascista malvado ya a la vista del trasatlántico salvador... Quizá Fuco tenga razón cuando dice que la vida no se debe contar sino recomponer, novelar, para explicarla más fácilmente en toda su verdad.

Algo en mis adentros provoca una conexión con el retrete del vagón en que se refugió este hombre. Miro el reloj y recuerdo la entrevista final que tengo pendiente.

Pero el relator no me quiere dejar.

Ahora vuelve a sus orígenes y describe una finca que mira al mar, hacia la iglesia y al cementerio de la otra banda, lugar de mucha lindura, de gran visión. En una esquina de ese terreno creció un roble "que no conseguirían abrazar tres hombres"... Quisiera vender finquita y árbol noble. Por sus cálculos, como mucho, va a vivir diez años más y, con lo que le diesen por esa propiedad convertido en dólares, aquí en La Habana podría tener un buen fin de vida.

Callo que, de aquí a diez años, el coste de la vida en Cuba puede estar equilibrado con el del resto del mundo que vive en la realidad. Me ofrezco para hacerle alguna gestión y pido disculpas por tener que cortar tan agradable charla. Algo en el vientre me tiene molesto. Las tripas me suenan con indiscreción.

Adiós.

¿Quiere algo para allá?

Sí quiere: que le diga a sus parientes que está bien; que pase por delante de la escuela y, mirándola, me acuerde de él; que también mire nuestra casa desde fuera y tenga en cuenta que aquel 1915 inscrito cerca del tejado le había dado mucha satisfacción: la de demostrarle a un compañero de aula que ya sabía leer números de cuatro cifras.

En la lancha de vuelta, los síntomas son claramente diarreicos. Me apuñala el colon la maldición de los trópicos: tuvo que ser el agua de la limonada: renegadas bacterias intestinales. Hago esfuerzos sudorosos para aguantar y, preocupado por la posibilidad de un ridículo escandaloso, me pierdo parte de la conversación con Noche.

—Este país es un prodigio —vuelve con su argumento— porque, mirad bien, ¿veis a alguien descalzo? Y, sin embargo, los zapatos están racionados y las *peleterías* están vacías. Aquí los suministros aparecen cuando aparecen pero, una vez aparecidos, se venden. Un prodigio de país. Solo hay que entenderlo...

Con orden y agilidad, desfila por el embarcadero la masa de gente de colores varios y varios vestidos, imitando el estilo *West Coast*, californiano. Y, de repente, sentimos la explosión del sol sobre la avenida del puerto.

Aprieto el paso para cruzarla. A pesar de la festividad, está activa. Despacio avanza un convoy cargado de sacos que dejan escapar regueros de alubias por rajas y agujeros. Señor de su vagón, en la cumbre del montón de sacos va un sujeto africano, delgadísimo, etíope.

—¿En qué andas, gallego? —grita hacia nosotros. Y Gerardo le devuelve el saludo:

—Que te cuenten los frijoles, negro; a ver cuántos te llevaste... Mañana —explica para nosotros— sabré lo que robó cuando me venga a traer un saco a casa.

Detengo un taxi, *Lada* de color bilioso, destartalado, el plástico de los asientos lleno de agujeros. Monto en el asiento delantero e indico el hotel.

El conductor no arranca, saca papel y lápiz y hace un apunte minucioso, desesperante para quien siente medio cuerpo necesitado de expulsar lo que lleva dentro.

Noche no pierde la ocasión de la humorada tierna, cariñosa para su país y sus gentes:

—Aquí se echa mano a los frijoles, a la gasolina, a los zapatos... Todo es de todos, qué carajo. El que primero manga un artículo juega a tendero con los demás; pero como todo el mundo roba algo, cada cual con su especialidad, todos jugamos y nos divertimos.

El taxista captó el discurso de Gerardo y añade que así debería andar siempre el sistema, pero que a veces no anda: en cierta ocasión faltó el pan por dos días y el ministro explicó que no había llegado el barco de la harina. Entonces se vio que el sistema tenía que estar muy tocado, cuando no había harina de reserva.

Llegamos, sordos por el barullo infernal del *Lada* (que debe de tener el tubo de escape en puro óxido), los cuerpos pegados con el sudor al plástico del asiento, yo con el intestino grueso dispuesto a reventar. Miseria humana, carne putrescible. Qué horror, estar siempre llenos de heces... Pago. El tipo dice lo que es costumbre: que no tiene cambio. Le dejo el billete verde y me apresuro hacia dentro del hotel.

Invito a Gerardo a esperarme en el bar y observo que Inés pide con prisa la llave de nuestra habitación. Diviso por el *lobby* un cuarto de baño y me dirijo a él. Sufro la vergüenza de liberar la entraña en un retrete sin intimidad, con una puertecita baja, de persiana. Pienso que una cosa eran las letrinas del cuartel, en las que la vergüenza era un ridículo, y otra estos retretes de salas de aseo de hotel que no permiten al defecante encerrarse.

Bebo con Gerardo una última agua mineral, fresca, limpia, tónica.

Hay un tono de melancolía en su charla:

—Tenías que venir al cementerio, para que vieras las barbaridades de mausoleos que hicieron nuestros paisanos.

—Es lo que queda de nosotros, Gerardiño —respondo en el mismo tono—. Galicia piensa que va durar mientras duren mármoles y bronces. Los hindúes y los parsis piensan de otro modo: unos queman a los muertos, otros dejan que se los coman los buitres... ¿Cuántos gallegos podéis quedar por aquí?

—Gallegos de veras, gallegos viejos..., unos dos mil. Todos viejos. Por eso es tan importante lo de la leche. Con un cuenco de leche y un poco de pan bien se alimenta un viejo.

—¿Y por qué carajo no hay leche aquí?

—Por culpa de la genética, hombre —tuerce la boca en un gesto de mofa bonachona—: Aquí había lecheras a montones, y cebúes de mil doscientas libras. Pero se pusieron a mejorar la raza y la dejaron esmirriada.

Ya que de nuevo sintonizó con la sorna, sigue dando palos a los genetistas y sus experimentos, extensivos a la pobre de la caña de azúcar, tan modificada para resistir a los insectos que no rinde.

Me levanta el humor y le hago un comentario sobre los "matrimonios" que vigila mi mujer: es demasiado tanto cuarentón con veinteañera, acaramelados, siempre consumiendo en el bar del hotel.

—Pues esto ya no es nada, porque tenemos campaña de regeneración pública —explica Noche—. Ahora encierran a las chicas en campos de trabajo. Las que no son de La Habana llevan la peor parte, porque aquí no es como allá, que vosotros andáis por toda Europa y os quedáis donde os da la gana. Aquí la gente reside donde tiene que residir y los traslados no andan por lo derecho... Las que se salvan del filtro de la policía son las habaneras. Pueden joder por toda la ciudad.

Inés tarda mucho en bajar, pero con las damas ya se sabe: el tiempo no importa a la hora de los arreglos.

Me preocupan la cita siguiente y la descomposición, porque en las farmacias de La Habana no hay de nada y yo —burro de mí— no tomé las precauciones propias de lugares selváticos, agresivos, alejados de la ordenada civilización de mi aldea.

Voy concluyendo, después de protestar por la demora de Inés.

—¿Qué quieres para allá, Gerardo?
—Nada. Que les digas a los míos como me encontraste. Que estoy bien, para lo que aquí es estar bien...

Inés me pone la mano en el hombro y me quedo tranquilo. Se sienta, llama al camarero, le pide agua mineral y una cucharilla. Echa en la copa el polvo blanco de un sobrecito y se bebe la disolución.

Retomo la despedida:

—Si yo tuviera que pedir allá algo para los gallegos de aquí, Gerardo...

—Pide que no se olviden de los viejos. Que manden de todo para que se vayan muriendo bien.

Es el fin. Gerardo busca algo en el bolsillo de la camisa y me lo tiende.

Lo miro, Inés mira también.

—Lleváosla de recuerdo, lleváosla para que sepáis bien lo que eran los gallegos de La Habana en los tiempos buenos.

Nos da una libreta de propaganda de uno de los partidos que presentaban candidatura a la junta rectora del Centro y de las instituciones de salud y cultura asociadas. Está impresa con lujo, de cartulina a colores en la portada, de fotografía bien reproducida en el interior.

Es su regalo de despedida, una reliquia de hace cincuenta y cuatro años.

Besos y abrazos. Lo acompaño hasta la puerta, queriendo no despedirme de él. Al sol de la calle aún le pregunto de nuevo:

—¿Qué puedo hacer por ti, Gerardo?

—Por mí nada. Yo quedo aquí como el perro, lamiéndose el... Tú mírame por los viejos —una picardía última le ilumina los ojos claros—. Que no me manden ropa de inverno para ellos: llega con camisetas.

Levanta la mano en gesto de adiós y lo veo irse despacio, arrastrando los pies lustrosamente calzados.

De vuelta en el bar, Inés me da una explicación:

—Tengo una diarrea de muerte. Pasé por el médico del hotel, y me dio estos sobres de muestras que le dejó un médico francés que estuvo hospedado aquí.

La entrevista

Por fin nos vamos a encontrar. La siesta, la ducha y el astringente donado por el médico francés parecen poner las cosas en su sitio.

Al ofrecedor de taxis de la puerta del hotel le doy la satisfacción de coger uno: *carro* nuevo, japonés, confortable. En él cruzamos la ciudad aún llena de calor. Voy callado, cavilando una locura. Quisiera haber conocido a todos los emigrantes de mi parroquia en La Habana, todas aquellas almas condicionadas por nuestras visiones únicas: la ría inmediata, las lomas vigilantes del mar, altas, cubiertas de bosque, pintadas del verde claro de los prados, a veces adornadas con tocas de bruma. Si yo pudiera juntar tanta vivencia, escribiría tanto, tanto daría a saber al mundo sobre la aventura de existir a pesar de la nostalgia, de la *saudade*...

Llegamos. Me aseguro de la dirección porque —como me advirtió el personaje que vamos a visitar— no hay marca especial cerca de la casa. El edificio es de color amarillo, dignamente azotado por el ambiente: las contraventanas descascarilladas, las paredes externas con hendiduras en todos los pisos.

Pasamos el portal ya oscuro, donde se besa una pareja de adolescentes con ropa mínima, mojados, quizá porque vengan del Malecón.

Subimos las escaleras y aprieto un botón de timbre que no obedece. Golpeo la puerta con los nudillos y escuchamos pasos con emoción.

Nos abre un hombre calvo con arrugas hondas en la cara, remedo —pasado por los años— de un mozo presente en las fotografías de nuestros álbumes familiares.

—Pasad, pasad —nos damos la mano y me enfrenta con un mirar oscuro y agudo—. No imaginaba yo así al nieto de don Remigio. Y tú... —recorre la figura de Inés a la luz que se filtra en las contras—. Tú no eres de la parroquia, ¿no?

—Soy de lejos, por eso no me parezco a nadie —Inés me coge del brazo y añade—: Conocí a este estudiando en Santiago y, después de tantos años, ya me acostumbré a andar con él y los suyos... Y de usted he escuchado hablar mucho a todos los vecinos.

—Sería bien... —suelta entre dientes el viejo, mientras indica los asientos—. Perdonad, que voy a por el café.

Se va con andar firme, restos de cabello níveo cercándole la calva morena, la guayabera levemente azul y libre de arrugas, los pantalones grises con la raya perfecta... La habitación tiene de todo tipo de mobiliario, piezas sencillas, hechas con poca madera. En los muebles hay un toque de elegancia propia de quien aprendió a elegir.

Nuestro anfitrión vuelve con el mismo paso seguro pero ahora más lento, intentando mantener el equilibrio de la bandeja cargada.

—Estoy solo —explica—. Mi mujer, que fue quien te cogió el teléfono, está en el hospital. Está en observación porque la van a operar de un problema en el fémur —Inés se levanta, dispuesta a ayudar, en un gesto que él agradece con los ojos.

Se sienta, acepta de mi mujer el café y, sin preámbulo, entra en materia:

—Tú quieres saber de mi vida y de todo esto de Cuba. Yo sé de ti por los libros tuyos que me fueron llegando. Permíteme que te diga que tu visión del Brasil y del Cono Sur debería ser estudiada en las escuelas de diplomáticos.

—Gracias —le respondo—. Yo, como Mark Twain, con un elogio vivo tres meses.

—No es alabanza gratuita... Pero déjame que te dé materia para tus reportajes... —bebe café, y pone voz de discurso reposado—: Tu abuelo y mi padre se conocían de aquí. Tu abuelo era galleguista y capitalista mientras mi padre era socialista y sindicalista. Los dos triunfaron en Cuba, cada cual a su modo; volvieron y fueron amigos allá... Yo sé bien lo que hizo don Remigio en el 36 por salvar a mi viejo, pero no pudo evitar que lo fusilasen en la escollera de Ferrol. Después, a nosotros nos hicieron la vida imposible; a todos los hermanos, y yo acabé echándome al monte... Yo me fui en el año 51 porque entonces la guerrilla antifranquista ya no tenía ni ánimos ni organización. No existía. Todo estaba perdido. Las potencias occidentales aparentaban ahogar al régimen de Franco pero, si con una mano le apretaban el gañote, con la otra le daban oxígeno... Había un operativo para la salida a que nos acogimos varios. Yo viajé de Coruña a La Guaira, oculto hasta más allá de las Canarias para evitar que me descubriesen y me entregasen. Los venezolanos se portaron bien con todos los polizones, que los había de media Europa porque el barco ya venía de Alemania y de Francia. A mí enseguida me dejaron salir para aquí, de donde me reclamó mi tío. Cuando llegué, enseguida encontré un buen trabajo, que ya me lo tenían buscado, en un taller naval. Era de un gallego, un tipo que estaba en buena posición... Es curioso... —se detiene, cepillándose el pelo de las sienes con los dedos fuertes—. Después os hablaré de las cosas de la religión, o de las religiones, aquí en Cuba... El caso es que mi patrón era de los que salían con los obispos y los frailes en los periódicos, que La Habana es una ciudad interesante en el aspecto periodístico. Hoy solo veis por ahí el *Granma*...

—Que, así tan finito, me recuerda a las hojas parroquiales de don Armando —interrumpo, mencionando al cura franquista.

—*Estos* largan en su periodicucho mentiras aún más grandes que las que escribían en sus panfletos los curas de nuestra parroquia... —se posiciona—. No hay nada más indecente que mantener a un pueblo sometido por el adoctrinamiento y la represión. Tengo que reconocer que yo fui uno de los muchos que se juntaron a la Revolución y que se jugaron mucho en su vida por el socialismo, pero no por esto, ni por él...

Se hace un silencio súbito. Me llama la atención la referencia oblicua a *estos* y a *él*. Forma parte de un código de comunicación generalizado; como el gesto de tocarse la barba.

—¿No tomas el café, rapaz?

—Ah... Pues... No ando bien del intestino —aclaro, y le cuento de paso la visita al vecino residente en Regla, la limonada y demás.

Recuerda bien a nuestro paisano de Regla, aunque haga años que no se lo encuentra, porque La Habana es una ciudad grande sin medios de transporte. Recuerda también a su hermano comisario político en el ejército republicano.

—Mirad vosotros como son las cosas de la historia que no se escribe... —junta los párpados como para recordar una imagen—. Cuando me incorporé a los que llamaban "escapados", llevé de salvoconducto una foto de un hombre con chaqueta de cuero y gorra de visera. Era él, con indumentaria de comisario, en medio de la guerra... Como solo valió para que me identificaran en el monte y no me la quitaron, llegó conmigo aquí, y un día se la di en el Centro Gallego.

—Supongo que usted pensaría en escribir todas esas vivencias de la guerra y de la guerrilla —indago, necesitado de saber, codicioso de materia redactable.

—Tengo mucha nota, mucho papel... También tu abuelo escribía, al parecer —responde, elusivo; y da un viraje de tono—: deja que me ocupe de tus retortijones de tripas. Déjame hacer una llamada, que aquí, teniendo conocidos, todo se resuelve. El verbo principal de Cuba es "resolver".

Marca un número y pide hablar con una doctora. Habla con ella. Primeramente le pregunta por su mujer y luego le cuenta mi situación. De la parte del diálogo telefónico que oímos se deduce que van a traer aquí un medicamento efectivo. Recoloca el aparato y explica:

—Esta señora es parienta mía, y a lo mejor tuya, por los apellidos. Algo tiene que ver con tu madre... Pero —arruga el entrecejo y prosigue su discurso amargo—: ¿Vosotros sabéis cuánta gente hay en la cárcel en Cuba? Ni lo imagináis, porque una cosa son los encarcelados de poco nivel, que estos tienen hacinados en las prisiones grandes, y otra los que viven ocultos por ahí, en cualquiera de esos chalés de los que la gente tiene miedo de saber nada. Ahí es donde *él* mete a los que no lo obedecen ciegamente, o a los que le pueden hacer sombra, porque a *él* no se le puede ganar ni a las chapas, ese juego de los chicos, ¿sabéis?, el de darle con el dedo a las chapas de las botellas y montar unas en otras... —hace gestos de juego sin detener el informe—: Esta señora que te va a resolver lo del medicamento me contó que hace unos días la solicitaron para un servicio médico. La metieron en un coche con cortinas por todos los lados y la llevaron a una casa que no podría identificar porque el coche entró en el garaje y de allí le hicieron subir por el interior. Tenía cuatro pacientes, todos ellos hombres que habían aparecido mucho en la vida pública; los cuatro estaban pálidos, de nunca ver el sol; y delante de ella estuvieron siempre acompañados, hasta cuando había intimidades que consultarle... Un desaparecido famoso es el Llanusa, íntimo de él en la universidad. Era director del INDER, el instituto de los deportes, la educación y la recreación... Pero ya me estoy perdiendo de mi historia.

—Estaba en cuando llegó aquí, al taller naval —le refresco la memoria.

—Estaba, sí... —aspira con fuerza y retoma el hilo—: Yo fui aprendiz en los astilleros de la Constructora, como se le llamaba entonces. Me metió en ella don Remigio... Yo siempre quise ser maestro pero mi padre quería que tuviera oficio, y tu abuelo también opinó así. Algo les bullía en la cabeza a aquellos viejos. Intuían la importancia de la formación profesional... Teníais que ver vosotros lo que era cruzar el monte de noche para coger la primera lancha a Ferrol, trabajar en la factoría y después ir a la academia, coger la última lancha y volver de noche por el monte a casa. Yo me empeñé en hacer el bachillerato, contra viento y marea, nunca mejor dicho. En la parroquia me llamaban "o mestriño" —calla y nos mira, juntando el entrecejo negro, en contraste con el pelo blanco de las sienes—. No me digáis que nunca oísteis el mote que me pusieron.

Inés le responde con una sonrisa amable, porque sabe quien era "o mestriño" (el maestrillo). Yo voy más lejos:

—Cuando se hablaba de los escapados al monte, muchas veces oí de la "partida del maestro", y la gente tenía a orgullo que fuera uno de nosotros.

—Alguna gente, no todos —puntualiza el ex-guerrillero, y continúa—: En la Constructora valía la pena aprender. Allí mandaron los ingleses hasta el 36 y se notaba lo que eran capaces de hacer: lo primero, infundir la idea de la disciplina... Lo que allí aprendí me valió de mucho, más que las matemáticas de la academia. Durante los años de la guerrilla fue muy importante todo lo que yo sabía de técnica. No era el único técnico en los grupos por los que pasé, pero era el que tenía conocimientos más avanzados. Después, aquí me los apreciaron mucho, tanto que me salvaron el pellejo. Un día el patrón me llamó aparte y me dijo que la policía cubana ya tenía los informes de la Guardia Civil española y que mi vida estaba en peligro; pero que, por el momento, no me preocupase porque la Iglesia me daba protección...

Debe detectar gestos de asombro en nuestras caras y responde a ellos afirmando con fuerza:

—Sí, sí. La Santa Madre Iglesia protegiendo a un comunista ateo —se ríe, abriendo los brazos—. Sí, hombre... Os decía que La Habana tenía sus peculiaridades, y una de ellas era la de emular todo lo de los Estados Unidos, de manera que, en materia de información, aquí vivíamos en un lujo americano, con cuatro periódicos y una calidad de grabado como para quedarse uno con la boca abierta... Entonces los curas principales, que atendían la religión de los poderosos, salían fotografiados en los extras de los domingos; y mi patrón con ellos, por culpa de su mujer, que era muy beata. Y no os lo vais a creer, pero una vez trucaron mi foto, y salí entre los curas, a un lado del retrato, con nombre y apellidos en el pie. Me mencionaban como encargado técnico del taller, dispuesto a ascender a mayores alturas en la empresa de buques que tenía el jefe... Debió ser una contraseña, porque desde entonces, aunque me juntase con los sindicalistas más peligrosos, nunca me pasó nada. Y, como comprenderéis, yo no estaba quieto: por un lado me hacía pasar por comunista español desencantado que flirteaba con los sindicalistas y por otro, secretamente, andaba trabajando en la construcción del partido.

Hace un alto. Se levanta y trae tabaco. Le acepto el cigarro y prendemos fuego, yo calculando la siguiente pregunta:

—Antes dijo que nos iba a hablar de religión y ando intrigado, porque ayer conocimos una gente disidente, que hasta nos hablaba de que nosotros habíamos llegado a ver a Franco muerto mientras ustedes...

—Nosotros... —interrumpe levantando el dedo—. No tenemos esperanzas. Franco, después de treinta años de dictadura, era un viejo que perdía energía, pero *este* lleva casi cuarenta y está en lo mejor. Y nunca abandonará; con su cinismo de siempre, cuando le preguntan los periodistas cuándo se va a retirar, dice que cuando el pueblo se lo diga, pero ¿cómo carajo le va a decir el pueblo que se vaya si no tiene cómo decírselo? El tipo va a seguir hasta que se consiga la máxima aspiración de su socialismo: matar a un pueblo de hambre y no tener ni para enterrarlo.

Callo, aplastado por la contundencia de las aseveraciones. Callamos todos, en busca de un pequeño gesto de distracción. Inés rompe el silencio, sugeridora:

—No sé, pero creo que el jefe no ha de estar solo, ¿no? Lo tienen que apoyar otros, fuera y dentro.

—Fuera es un paria. Le tienen que dejar ir a los sitios. Ya no hay país atrasado que lo necesite, y los poderosos lo rechazan como a un apestado. Cuba solo es una molestia para el mundo. Y dentro... —nuestro anfitrión dispara una mirada perforante—. Dentro lo apoyan todos los que ganan con la sumisión, con la obediencia, con el aprovechamiento de lo que es inalcanzable para la gente común. Allá tenéis el ejemplo de sus partidarios en los supuestos diplomáticos que os manda, que son recaudadores de dólares de los españoles retornados y de los cubanos que se instalan en España, unos sanguijuelas que cobran por todo: por los visados, por los certificados, por los permisos de residencia en el exterior... Esos funcionarios esbirros son cobradores de un Estado que vive del timo, porque no da nada a cambio...

"O Estado é coimeiro" es frase que escuché en el Brasil. El Estado cobra comisiones: nuestras Américas —cavilo— son así, corruptas dentro del sistema, sea socialista o capitalista. Inés junta los párpados, como recordando algo, e introduce un aspecto nuevo en la conversación:

—¿Tuvieron aquí mucha importancia los rusos?

—Mucha y poca. Mucha porque a muchísimos nos dieron una formación que no teníamos. Yo les debo a la Revolución cubana y a la Unión Soviética el haber llegado a lo que en España aún hoy es imposible: que un operario, por muy preparado que esté en lo suyo, pero sin más estudios que el bachillerato elemental, ingrese en una escuela de ingeniería para salir titulado... A los rusos les debemos que nos diesen formación técnica y que nos mandasen para aquí hasta lo que no les sobraba: el trigo. Mandaban maquinaria, vehículos, jabón y conservas que nos parecían toscos porque estábamos acostumbrados a los productos americanos; tan hechos a ellos que la Revolución no pudo con el sistema de medidas de los yanquis, el que ellos heredaron de los ingleses. Por culpa de importar todo de los Estados Unidos, todavía hoy no usamos el métrico decimal. Mira si somos colonia yanqui, colonia mental... Bien —intenta volver a la línea—, los rusos... Sí. Aquí se les llamaba *bolos* a los rusos. En Cuba se le llama *bolo* al tronco del árbol cuando lo cortan: una cosa basta. Los *bolos* se vinieron a civilizar Cuba, nos transfirieron tecnologías, nos enseñaron arte de guerrear y de espiar, pero de nosotros aprendieron exquisiteces.

—Son aún más racistas que los españoles, ¿no? —Inés sigue tras de algo.

—Son muy racistas, pero depende del sexo del compañero.

Nos reímos, cuento el chiste de Gerardo en *La Mina* y las informaciones que siguieron, el empeño de la Revolución en igualar a la gente. La conversación va resbalando hacia pueblos y prejuicios, describo un paseo por Lisboa con un gallego afincado allá: la Praça de Camões, los caboverdianos a la espera de quien les ofreciese jornal, mi amigo preguntándome si sabía la diferencia entre un gallego coloradote y un negro reluciente de aquéllos, mi duda y su respuesta chocante: el color de la piel.

—Aquí también hubo esclavos gallegos —"o Mestre" intenta una vía de conversación pero Inés no se aparta de su objetivo privado:

—La gente que tiene aquí nombre ruso, ¿es hija de ruso?

—No tiene por qué —el paisano hace un gesto de disculpa—. Fue moda. Tened en cuenta que los veíamos como salvadores. A nuestros chicos se les ponían los nombres del pueblo que nos ayudaba a sobrevivir... Él creó la escasez en los años 60; del 63 al 68 la escasez fue máxima; en el 69 se nacionalizaron los restos de economía independiente, y nada andaba, había que recurrir a los rusos. Se llegaron a nacionalizar los negocios de limpiabotas. Lo único que quedó con dueño fueron las "casas de socorro", que eran unos puestecitos portátiles en los que vendían bocadillos.

Hace un alto y pide disculpas para ir a encender la luz. Con luz eléctrica la habitación resulta todavía más agradable, en la delgadez justa de su mobiliario.

Inés cierra este capítulo con un comentario profesional:

—Es curiosa la transculturación de este país. Los yanquis están siempre presentes. Si a una niña le ponen nombre ruso, lo escriben con grafía inglesa. Lo digo por Natasha: los escriben con ese-hache. Claro que eso también pasa en España. La transculturación hace que los castellanos olviden las soluciones gráficas de las lenguas próximas y escojan las del idioma invasor. En Madrid, a nadie se le pasaría por la cabeza grafar el sonido *xe* de Nataxa con la letra viva en gallego-portugués y en catalán, una letra que también fue viva para el propio castellano.

El comentario lingüístico nos deja un poco fuera de la conversación, y a mí se me apelotonan las preguntas: sobre la religión en Cuba, sobre quiénes son los aliados externos de "*él*", quiénes sus enemigos internos y externos; sobre el absurdo de Guantánamo y por qué los yanquis no atacan la isla de una vez...

La memoria de este hombre metido en los setenta años funciona con orden.

—Teníamos que hablar de las religiones de Cuba... —recomienza—. Aquí hubo indios cristianizados a golpe de espada hasta el exterminio; y españoles, a montones; y africanos de muchas naciones; y después vinieron gentes de todo el mundo... Esto no es una provincia española cualquiera; aquí, con este ambiente danzón, ¿quién se va a meter en el seminario o en el convento? Quedaron dos religiones principales, la visible y la oculta; o sea, la católica y la espiritista. Los curas, ya os lo dije, eran la comparsa de los ricos; la gente del pueblo no andaba en eso... En el 59 la Iglesia se opuso a los cambios, a la nacionalización, al expolio y, entonces, con la aprobación de todos nosotros, el gobierno decretó la expulsión del clero, que en mayoría era español... —enmudece, quizá por el recuerdo de algún paisano con hábitos—. Y de las cosas de los morenos, ni hablar, claro. Había una revista doctrinal para los miembros del partido, y allí, sistemáticamente, llevaban palos todos los cultos religiosos...

Se detiene y ofrece tabaco; prende fuego, aspira y tras el humo surge un gesto de mofa:

—En materia de conveniencias, *él* es lo máximo: primero no dejaba vivir ni a curas blancos ni a santeros negros. Pero después, cuando le convino virar de rumbo, a poco aparece como el protector de la Santa Madre Iglesia... *Fidel y la Religión*: lo escribió un caradura de fraile brasileño... Convenía tener contentos a los curas para mantenerse en el sitio y pactó, se congració con ellos. Vino un nuncio, se levantaron las cruces caídas, se repintaron las iglesias... Hasta tenemos cardenal, un tipo que estuvo en el reformatorio de Pinar del Río y ahora anda bien callado, el mamón. Claro que por allí pasaron otros más famosos que ese cura: Pablo Milanés, Silvio Rodríguez... Y no pasó el hijo disidente del Ché porque no tenía edad...

—¿Un hijo del Ché? —Inés muestra asombro de roja admiradora.

—¿De qué te extrañas, mujer? —el informador se encoge de hombros—. *Este* es capaz de todo. A su propio hijo le montó un instituto de energía nuclear y, cuando se le desvió, lo largó, publicándolo en el *Granma*. Dijeron que fue porque había pagado en dólares un fiestazo grandísimo del cumpleaños de un hijo, pero aquí no nos chupamos el dedo, que pagar en dólares lo hacen todos ellos... También dijeron que fue por el tráfico de drogas por lo que mandó fusilar al general Ochoa y a Tony de la Guardia, que era coronel. Pero los fusiló por otras razones: al Ochoa porque no lo obedecía ciegamente; y al Tony porque sabía de más... Hijo de perra, qué bien las calcula.

—Ese es un episodio que yo nunca me creí —comento—. Ochoa, un héroe de la guerra de Angola...

—Héroe de la República de Cuba —añade él—, con medalla de oro como la de los héroes de la Unión Soviética; pero sin besos, que eso de besarse como los rusos no queda bien entre nosotros... Al Ochoa había que quitarlo de en medio, y fuera. El que sí traficaba con drogas era el Tony, porque era el conseguidor. Él le montó una organización al Tony y le dijo que solo le respondía a *él*, a nadie más bajo el cielo; y ya sabéis cuánto se puede conseguir permitiendo jugadas de narcotraficantes. Era el modo de burlar el bloqueo. Hasta que se empezaron a molestar los gobiernos que lo ayudan a resistir a los yanquis. Había que hacer algo y decidió meter todo en el mismo saco, lo de los dos. Y dio un paso de cinismo que demuestra quien es de veras: si el Tony cantaba en el juicio, la cosa podía ser un escándalo ingobernable; así que tuvo la sangre fría de irlo a visitar en persona a la cárcel para convencerlo de que no piase, que todo era una farsa para cargarse al Ochoa. El Tony tragó. No habló, pero también lo fusilaron. De ese modo, jamás ha de hablar... Tony era el gemelo de Patricio de la Guardia, que es general y está en la cárcel, desaparecido. Los dos se habían formado como militares en los Estados Unidos antes de la Revolución.

Silencio. Las vidas de los hombres son muchas vidas, según las ven unos y otros; y, para sintetizarlas, hace falta escuchar a diversos informadores. Este relata aspectos maquiavélicos de nuestro ídolo de juventud que lo hacen odioso, que hasta ponen en duda el valor de la moral, que desmontan reglas de juego básicas...

—¿Qué era ese reformatorio de Pinar del Río? —inquiero por retomar la charla.

—El correccional UMAT, en la península de Guanacabibes. Un sitio que ni las pocilgas de los cerdos... —el paisano hace un gesto de asco—. Metían allá a los desviados, a los homosexuales y los rockeros, gente de pelo largo. Aquí el rock estuvo totalmente prohibido, se consideraba un elemento destructivo de la juventud. El hijo del Ché era guitarrero de rock... —se levanta y, con aire de cortesía, anuncia—: Antes de salir para el hospital con su madre, mi hija nos dejó preparado algo de cena.

Inés se ofrece a ayudar; yo los sigo a una cocina repintada, con cañerías de distintos diámetros decentemente empalmadas, todo de plomo... Hay una cena fría, de pollo, arroz y tomate, algo sencillo que acompañar con cerveza. Inés quiere saber de la vida familiar del Ché y el ex-revolucionario la informa:

—Ernesto era casado y se divorció. Aquí se casó de nuevo y tuvo por lo menos tres hijos.

—¿Tres hijos? —Inés parece cavilar—. ¿Pero cuánto tiempo estuvo en Cuba?

—Ocho años. Ocho años de luchas intestinas... —dispara quien posee la memoria, su memoria—. El Ernesto quería... Nosotros queríamos, ¡queríamos! —se acalora—, poner orden económico, disciplina, luchar contra la tendencia anárquica... Pero *el otro* nunca tuvo interés en las cuentas; todo era echar mano del crédito de los rusos, sabiendo *él*, porque los demás no lo sabíamos, que los créditos nunca se habían de pagar en dinero. El Ché se desesperó, ningún plan de los que preparábamos iba adelante... Queríamos que el país produjera, que hubiese estructura industrial propia, pero todo era importar de Rusia lo que nunca se pagaría... Por eso se suicidó Dorticós, que era director de la Junta de Planificación.

La cena queda intacta, baja la cerveza. El hombre parece tomar ánimos para seguir asombrándonos:

—A *este* le llega con el teatro de la libreta negra. La lleva siempre, apunta lo que precisa la fábrica que visita y ordena que se le conceda. Esa es la planificación del supremo jefe... Por eso se metió un tiro el Dorticós; y por eso decidió largarse el Guevara.

—Pero hay una carta del Ché... —intento remitirme a la Historia aceptada por todos los historiadores y no me deja:

—En las decisiones de cada cual hay siempre varias causas, unas de más peso que otras. Yo cuento lo que vi de cerca.

—¿Y cómo entró el Ché en Bolivia? —curiosea Inés.

—Se cambió de imagen y se introdujo como hombre de negocios con documentación falsa, falsificada aquí en Cuba.

—Qué tipo tan consecuente —concluye mi mujer mientras nos sirve.

Comemos en silencio durante unos minutos, yo con celos del Ché, santo principal en el cielo de las muchachitas del 68. De un piso próximo entra música de Elvis. Desde el otro lado de la calle transitada por *ciclos* viene el *Mediterráneo* de Serrat. Después,

Habana flash

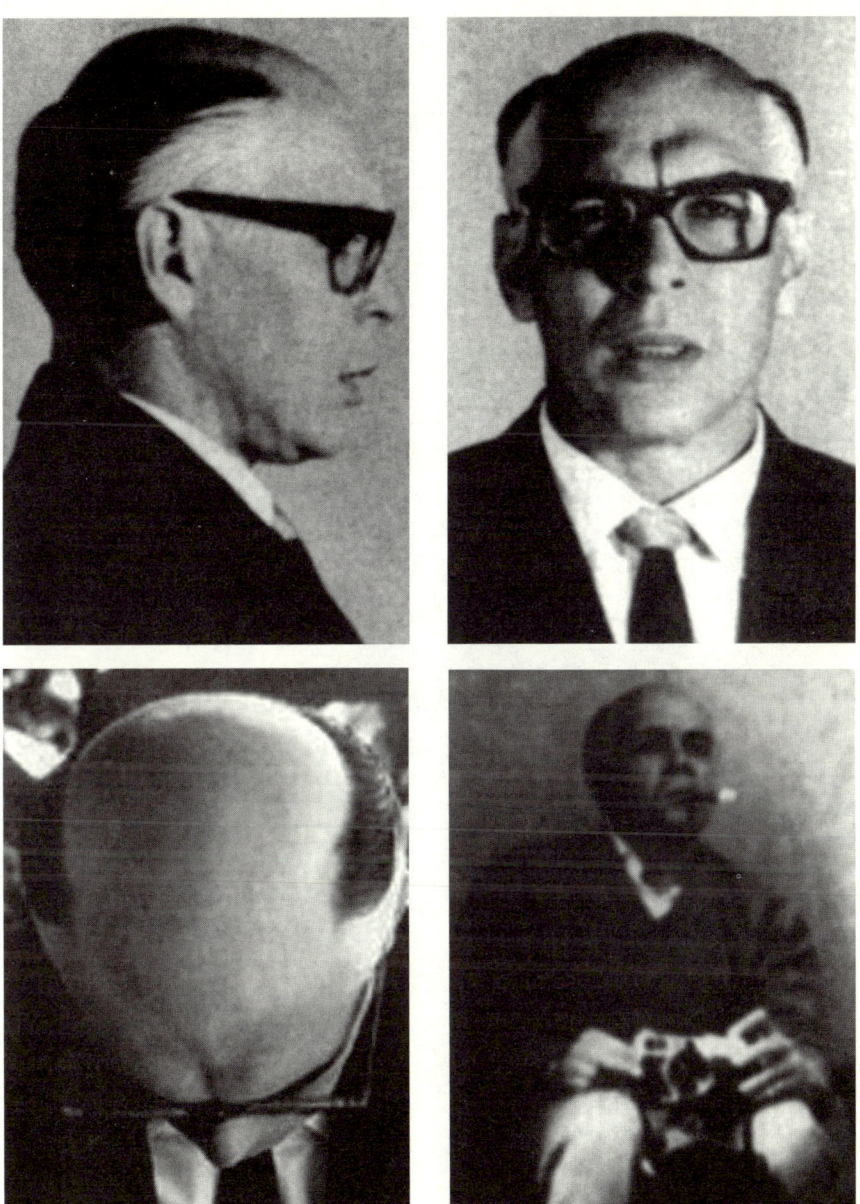

Nota 1: El Ché para entrar a Bolivia se sometió a un cambio de imagen completo. Modificó su altura con unos zapatos especiales, se depiló el cabello de la cabeza y utilizó prótesis dentales para deformar su rostro. La última fotografía, se la tomó el mismo Ché frente al espejo, en el hotel Copacabana de la Paz, apenas hubo llegado a Bolivia bajo el nombre falso de Adolfo Mena.

Nota 2: El Ché junto a su esposa Aleida poco antes de partir para Bolivia.

entre bocados, Inés se mete en el asunto de la vivienda, de los *conventillos* de que le hablaba su abuela porteña, aquí patentes, y confirmamos que en Cuba se llaman *cuarterías* o *solares*, en el sentido contrario al que se le da a la palabra en España, de descampado. En Cuba implican hacinamiento, tabiques de cartón. Y aún hay *barbacoas*, entrepisos de madera en los pisos.

—La madera para la construcción escasea —comenta el que se nos hace íntimo en la confidencia—. Tanto que, cuando se recibe maquinaria de fuera, no es extraño ver cómo desaparecen las cajas de la noche para la mañana; con las consecuencias que eso trae en un clima como éste. Yo he visto alemanes y checos desesperarse porque lo que acababa de llegar se estropeaba en un patio, desnudo de embalajes, después de una chubascada fuerte...

Hay ley de propiedad inmobiliaria, aunque no parezca tener importancia en un régimen como el castrista. En ella aparece a figura del *casateniente*, que nos hace sonreír. Tal sujeto solo puede ocupar un piso. Aquí no se puede vivir en habitaciones superpuestas.

—¡Alucinante! —califico, y comento—: Mi abuelo temía por Cuba porque el régimen había tocado en la propiedad. Si levantase la cabeza...

—Yo estoy seguro de que don Remigio sabe todo esto —arriesga el amigo y yo me quedo mirándolo, provocador—. Cada vez estoy más convencido de que uno no se muere del todo...

Inés cruza conmigo un mirar desasosegado y volvemos al pollo, la salsa fría de tomate y el arroz bien suelto.

La cena, sustanciosa, me hace acordarme de una historieta escuchada en el Centro Gallego, el chiste del burro que se estaba acostumbrando a vivir sin alimento cuando se murió; y eso me lleva a hablar del almacén de la oficina de la Xunta, a la leche para los viejos, a Erasmo y las parecencias entre los ancianos y los niños: la falta de pelo y dientes, el gusto por el leche.

—El Estado solo garantiza el suministro de leche a la gente hasta los siete años de edad —informa "o Mestre"—; y es cierto eso que os dijeron de que el desastre se debe a las prácticas de la genética. Es más: fue él, con todos sus poderes infinitos, el que se nos metió a geneticista. En el 63 había en Cuba seis millones y medio de cabezas de vacuno y hoy no llegan a los tres millones. La cosa se destapó cuando se acabó el teto, y nunca mejor llamado, de Alemania Oriental. Ellos nos mandaban leche en polvo como la que vosotros mandáis ahora desde Galicia. Eso se mezclaba con la leche de aquí y nos la íbamos bebiendo. Pagábamos con melazas... Lo curioso... —vuelve a aparecer sarcasmo en la cara delgada con pómulos altos—. Lo curioso es que él osó decir que Cuba iba a llegar a ser la competidora de Holanda; se atrevió a decirle a la gente, en discurso, que no íbamos a saber qué hacer con tanta leche. Dijo "Parará el lechero a la puerta de la casa y dejará media docena de botellas de leche".

La imitación, con acento y aspavientos, nos hace soltar una carcajada distendida.

—A Cuba le faltan humoristas que armen parodias así —arriesgo suposición—. Le falta la libertad necesaria para reírse de todo. Cuba no es libre. Hasta pueda ser que tenga miedo a ser libre.

El viejo vigoroso vuelve a tender tabaco fuerte y me da la razón:

—Los cubanos, en general, blancos o mulatos, no son holgazanes ni indolentes; son muy inventivos, son gente despierta y creativa, capaz de enjuiciarse y criticarse. Pero el control viene de hace mucho. Aquí todo el mundo espía a todo el mundo. Si ahora, en el culmen de la crisis, la gente se mete a rezar, a llenar las iglesias como nunca hizo, la mitad de los fieles anda controlando a la otra mitad... Un día se te acerca un individuo y te dice "creemos que tú eres P.C." y tú preguntas "¿y qué cosa es P.C.?" y te responde el sujeto "persona de confianza". Entonces ya te tienen metido en la red. Te van a decir que solo tienes que informar de lo que escuches que a tu juicio afecte a los principios de la Revolución, que no tienes que identificar quién lo dijo, que todo es llamar a un determinado número de teléfono... Nunca, en nuestros años de guerrilla en España, cuando el hambre hacía delatar hasta a un familiar, pudimos imaginar un sistema tan bien articulado como el cubano.

Sigue llegándonos la música española del otro lado de la calle, a través de las contras. Ahora cantan Ana Belén y Víctor Manuel. ¿Y este hombre no tendrá miedo de nuestra indiscreción posible?

No debe de tenerlo. Sabe que cuando nosotros lleguemos a lo nuestro, hablaremos o escribiremos lo que nos dé la gana —que en España, como en todos los estados de derecho y democracia, solo se silencia lo que puede dañar la intimidad, injuriar y ser motivo de querella...

Recogemos la mesa y todavía llegan del refrigerador unos dulces inesperados: alfajores argentinos.

—Se los trajo a mi mujer un amigo de la embajada en Buenos Aires —explica el dueño de la casa—. Seguro que hace tiempo que no los probáis.

—Seguro —corrobora Inés—. Yo me muero por ellos y siempre me pregunto cómo, habiendo en Galicia tanto gallego argentinizado, y hasta tanto argentino, no se le pasa a nadie por la cabeza hacerlos... —pero, olvidando la tentación dulce, de repente cambia de tono y pregunta—: ¿Y qué va a quedar de la Revolución?

—Poco de sus principios —obtiene respuesta rápida—. "Este" y su ministro Lage se venden al demonio para seguir montados en el macho. Eso es lo que me da más asco: todo lo luchado para llegar aquí y que no quede nada de aquello... Va a quedar la alfabetización masiva que iniciaron unos muchachos que no hicieron la Revolución. Los había alfabetizando con catorce años. Fue un fervor que nació después del desembarco en Bahía de Cochinos... También van a quedar los miles de técnicos formados en Rusia, y digo "van" y no "vamos" porque yo soy más viejo que él y no sé si llegaré a ver lo que desea la gente, que ya está harta... Cuba puede ofrecer a todos los países hispanos una gente técnicamente preparada, que se entienda con ellos.

—Me alegra saber que esa idea no es exclusiva de nadie —comento—. Más aún, que usted la comparta... Por lo que vi, en Cuba debe de haber muchos parados, y más subempleados, ¿no?

—Muchos, tantos como putas, que tampoco encuentran empleo diferente, y las hay hasta profesoras y doctoras... Pero eso es otro de los vicios del sistema, que nosotros veíamos, que advertimos, contra el que quisimos luchar... Para nada. Mirad: cuando *este* tomó las riendas, suprimió el desempleo: mandó a todo el mundo a trabajar. En la empresa que funcionaba correctamente con veinte empleados, metía cuarenta. Veinte iban a fichar y no daban golpe, o ni siquiera iban por el tajo, porque se atenían a lo que se denominó "horario de conciencia". Había una consigna: "Aquí no hay jefes, todos somos compañeros", anarquismo puro, estúpido, contrario al comunismo... Todo el mundo "marcaba", que es como en Cuba se le dice a fichar, y cobraba por eso; e imaginad lo que se provocó: la escasez de todo, una inflación loca.

Ofrece nuevo café para acompañar los dulces, pero declinamos el convite. Cuenta entonces algo que no le entiendo bien, sobre el hijo y la nuera que tiene en Barcelona: primero fue él para allá, a ejercer de médico neurólogo, en una combinación universitaria; después fue ella, con trabajo de informática especialista en el tratamiento de historias clínicas; y ahí vino la perversión del sistema, porque el niño, que se había quedado con los abuelos, al salir se convirtió en "cubano en el exterior", *gusano*, paria sin derecho a retorno. No entendí bien pero lo consideré una locura y —cuentan de un sabio que un día...— me pareció una suerte (sensación nueva, de estas jornadas) el haber sido víctima de Franco, "Su Excremencia Cerillita", general de carrera con devoción por el brazo incorrupto de una monja santa (y dicen que judía conversa).

¡Que vidas las de los cubanos! Y hay pueblos, como el inglés, que no tienen memoria histórica de una represión nacida del Estado... El mundo es una real locura.

Me quedan preguntas, el reloj trae el recordatorio de la salida hacia Varadero y mi intestino amenaza con una nueva hecatombe. El hombre parece interpretar mi miedo al retortijón:

—El medicamento no tarda en llegar.

—Ahá, gracias, porque lo necesito... Y dígame una cosa: los chinos, ¿qué pintaron en el invento revolucionario?

—Nada, hombre. Esos no tenían nada que vender, fuera biombos y jarras, bisutería y juguetes... Nada —concluye, rotundo.

—¿Y los libros del Centro Gallego?, porque no se perderían todos, ¿no? —salto a otro punto.

—No. Están en el Instituto Cubano de Lengua y Literatura, en la Avenida Salvador Allende.

—Me dijeron que intervino Neira Vilas en la recuperación.

—Te dijeron... —se para a pensar y aclara—: Buena vida llevó el ilustre escritor. Tenía un buen empleo, en el Ministerio de Industria Básica. Estaba en el departamento que enviaba a los técnicos y a los comerciales al extranjero. Él les rellenaba los formularios... Gran trabajo.

—¿Y su mujer? —Inés se interesa por el gremio.

—Hacía una revista para niños —perfila el viejo, áspero—. Viene por aquí los fines de año y, a lo mejor, todavía cobra un retiro. Visto como andan las cosas, bien se gastará en España en la cuenta del teléfono lo que aquí le pagan de pensión... Allá la mantendréis vosotros, porque de derechos de autora no ha de vivir.

No quiero seguir la conversación por ese rumbo. Fuerzo el cambio:

—Guantánamo. ¿Cómo está eso y por qué los yanquis no invaden y arrasan Cuba con cohetes teledirigidos? ¿Qué tiene el patrón de esta isla que no tengan Ghadafi o Sadam Hussein?

—Bueno... —el que podría ser jubilado de un *chope* de la Constructora Naval o de un puesto de profesor de EGB, pescador de recreo por nuestra ría, parece medir la respuesta de cubano nacionalista, bien conectado—. Bueno, primero Guantánamo. Eso es como Gibraltar pero en serio: una cabeza de playa que hubo que inutilizar. Los yanquis compraron allí derechos de una carbonera para el abastecimiento de los barcos y, como siempre hacen, se quedaron para controlar el sitio eternamente. Pero les salió mal el negocio: el ejército cubano les cortó los suministros vitales, de agua y electricidad, y se tienen que arreglar con aljibes y generadores propios. Están rodeados por un campo de minas y por baterías que los barrerían en un momento. Las minas son tantas que, cuando la gente loca se quiso meter en la base para huir, se quedaron sin patas hasta los sabios del ejército que se lanzaron a detener a los huidos... Están bien controlados los yanquis —hay un tono fanfarrón en lo que dice—... Segundo, la invasión: no invaden porque esto podría ser otro Vietnam. La gente está harta de la tiranía personal de *él* pero no quiere renunciar a los logros de la Revolución. Los *gusanos* son otros yanquis, pero con la sangre en el ojo, dispuestos a la revancha. Aquí, a pesar del hambre, seríamos capaces de coger las armas de nuevo, yo el primero. Y —se acaricia la frente sin pelo, morena— no olvidéis que por las montañas hay mucho túnel, mucha arma tal vez vieja pero efectiva, que podría hacer un daño grandísimo en Miami. Ni Ghadafi ni Sadam tienen forma de atacar masivamente territorio americano porque están lejos. Nosotros, sí...

Me detengo un momento a rumiar la respuesta, el *nosotros* colectivo y solidario incluido; y enseguida vuelvo a inquirir algo relacionado con lo anterior:

—¿Quién es en realidad ese Jorge Mas Canosa? Estoy intrigado con la venta que le hizo don Cándido el de los puros y los teléfonos. Cuando ya se iban los socialistas de Felipe González, le vendió in *extremis* la empresa de instalaciones de Telefónica. Y allá dicen que es un mafioso.

—No sé en qué negocios andará el tipo, pero es un enemigo potencial de envergadura para el régimen —precisa nuestro informante—. Maneja una organización con miles de adherentes, la Fundación Nacional Cubano-Americana. Tiene una emisora de onda corta que se llama *La Voz de la Fundación*; y también hizo un programa de ordenamiento de Cuba que tiene sentido, desde el punto de vista del capitalismo sin amortiguadores socialdemocráticos...

Llaman a la puerta. El anfitrión va a abrir y se oye una conversación que acaba en tono de disculpa, reiterando que "esto es lo único que había".

Son unos sellos de carbón, con un prospecto que asegura su eficacia.

Doy las gracias y me trago uno con agua mineral.

Inés pregunta por un asunto del que había hablado con la camarera del hotel, el de la Casa del Oro y la Plata.

—Como no se contentan con lo que van timando —oímos otra respuesta rotunda—, hacen labor de vampiros. El estado, que son *ellos*, vampiriza, chupa la sangre, llega a los últimos rincones... Todos sabíamos que la gente, hasta en la miseria de una casa donde no se mudaron los colchones en treinta años, guardaba joyas... Ahora se pueden llevar a Miramar, a esa casa que dice Inés, y allí te hacen una tasación en dólares convertibles. Si te desprendes de lo que fue de tu abuela o de tu madre, te dan certificados de tres tipos, A, B y C, por cantidades que puedes usar en las *diplotiendas*... Como comprenderéis, esas cantidades pueden parecer mucho para quien pasa hambre pero son mínimas en relación a lo que valen las alhajas en el mercado libre. Después, el estado las vende en Méjico a su valor real y cobra dólares verdaderos. La diferencia va para mantener el sistema.

Calla y yo aprovecho para mirar el reloj. Pero él ignora mi gesto y añade:

—Siempre juegan con la diferencia entre las dos economías, la del pueblo y la de *ellos*. Con los canadienses del níquel es claro: la empresa le paga al estado unos quinientos dólares al mes por un empleado, y el estado le paga al empleado unos cuatrocientos pesos, o sea, menos de veinte dólares al cambio. El estado, entonces, se queda con cuatrocientos ochenta dólares por trabajador y mes. Y aún se resiste a que los concesionarios de la explotación les den a los obreros un incentivo de producción de treinta dólares... Juzgad vosotros, que yo me canso de hacer juicios.

Estamos en horas de irse. Me dispongo a ser duro, a olvidar el ablandamiento que me produce la figura del hombre desengañado por su líder revolucionario, del compañero de escuela primaria de mi padre, del agradecido admirador de las obras e intercesiones del abuelo Remigio, del conocedor de historias familiares de allá y de aquí. Hay que irse. Pido que me indique el cuarto de baño.

La casa huele suavemente a barniz. En el cuarto de baño se repiten los empalmes de cañerías vistos en la cocina. Falta algún azulejo. El papel higiénico está doblado en pedazos, apilado cuidadosamente en una repisita al lado del retrete. Temo las preguntas que me quedan por hacer, pero no quiero marcharme sin hacerlas.

Al volver a la sala, Inés ríe y él repite lo que debió provocar la hilaridad:

—Como te lo digo, mujer, "Los diez millones van, ¿dígame?".

Inés vuelve a soltar una carcajada y él me da la explicación:

—Era la consigna para la zafra del año 70. Eso era lo que teníamos que decir al coger el teléfono... —se fija en mi cara de asombro y repite—: Sí, hombre, sí, "Los diez millones van, ¿dígame?". En el 70, por culpa de esa zafra maldita, por culpa de un empeño loco de él, que no acepta críticas, se inició el declive definitivo de la Revolución... Esa fue nuestra ruina... —y retoma el tono de narrador:— La última zafra prerrevolucionaria había dado ocho millones de toneladas de azúcar, y los yanquis decían que, con los medios de la Revolución, no había manera de que consiguiéramos más... Entonces él decidió que se consiguiese llegar a los diez millones. Echaron cuentas los técnicos y el ministro del Azúcar, Orlando Borrero, se atrevió a informarlo a él de que la apuesta estaba perdida, de que aquello iba a ser un fracaso catastrófico, por lo que lo destituyó, y lo sustituyó por un mozo que se llamaba Marcos Lage... Él había conocido a ese Lage en sus contactos con los estudiantes de la universidad; confiaba en él aún siendo estudiante y lo mandó por todo el mundo a ver métodos de cultivo de la caña, y de cosecha, que los hay muy diferentes. El Lage descubrió que en Australia quemaban los campos antes de cortar la caña e importó la técnica, gracias a lo cual, dicen los técnicos, acabó con la microfauna y consiguió que en las últimas zafras solo lleguemos a tres millones y medio de toneladas de azúcar... —hace un gesto de locura con el dedo sobre la sien—. Pero, bueno..., yendo a lo del año 70: todo eran consignas y, a la altura de la cosecha, recibimos orden de incorporarnos a los campos, todo el mundo, civiles y militares. Se abandonaron todas las actividades..., para conseguir las ocho millones doscientas mil toneladas de azúcar más caras de la historia de esta república desgraciada. En eso acabó nuestro desafío nacional al Mundo.

Termina agriamente y no puedo evitar las cuestiones que me repican por dentro:

—Yo... quisiera saber si funciona algo en este país. La educación, por ejemplo...

—En Cuba solo funciona el aparato represivo —responde "o Mestre", de nuevo categórico—. Los asesores rusos dejaron a sus pupilos bien enseñados... En cuanto a la educación, es necesario hablar de fraude. Lo que importa es sacar adelante promociones del cien por ciento, para lo que se llega a entregar las preguntas de los exámenes con antelación... —y surge la sorna en la línea de los ojos oscuros sobre los pómulos altos—. Hay empresas comerciales que sí funcionan, las del Consejo de Estado, que gestiona *él*...

—Y de todos ustedes, los de nuestra tierra, ¿queda alguien todavía convencido? Porque en el libro de Neira Vilas todos parecen fervientes castristas.

Ahora hay sorna en el juego de ojos y boca del viejo:

—Había uno, del que no te voy dar nombre, que llegó a denunciar a su hijo porque se le quedó en Galicia cuando fue a cobrar las herencias por parte de la familia de la madre. El tipo anduvo por ahí pregonando la desgracia de tener un hijo *gusano*. Era una lamentación jeremíaca. Pero pasado el tiempo, se aplacó su furia revolucionaria y acabó cogiendo el avión, y hoy está allá feliz como un pajarito, todo el día metido en esas casas de la tercera edad que os montó Fraga, que debe saber bien de eso porque tiene años suficientes como para acompañar a los jubilados.

—¿Y qué salida puede tener esto?

—Traumática —corta el aire con la mano—. El partido es una entelequia, y os lo digo desde dentro... Él es todo; el día que él desaparezca o se quede inútil, revienta el sistema. Dependemos de su miocardio, o de una bala de rifle con mira telescópica.

Punto final. Lanzamos los ofrecimientos del adiós: ¿quiere que le llevemos algo a su hijo? ¿Qué quiere que les contemos a los familiares de la parroquia?

Da las gracias por el ofrecimiento, y manda recuerdos a mis padres. No nos tenemos que molestar con encomiendas porque su mujer va a viajar a ver a su nietecito tan pronto ella se reponga de la intervención; y, en cuanto a los familiares vecinos: ahí está lo principal que contarles (extiende las manos abiertas sobre la mesa, indicando la abundancia de comida).

A la puerta, aflora en mi boca una pregunta maldita: ¿Y por qué, teniendo a uno de sus hijos en España, y teniendo propiedades en la aldea, por que no se va para allá?

—Porque no. Esto de Cuba es mi mundo de verdad, donde luché con más ahínco; más, te lo juro, que cuando andaba con la metralleta llevándome por delante guardias civiles. Vivo con la esperanza de llegar a ver el fin de esta desilusión tan grande como mi existencia. Quiero que el fin me coja aquí, aunque vaya a correr la sangre... Y, pase lo que pase, algún día —vuelve los ojos oscuros para arriba— descansaré para siempre y, cuando no tenga nada por lo que preocuparme, me dedicaré desde allá, desde la Nada, a mirar al mismo tiempo las dos tierras lindas donde hice vida.

Le da un beso a Inés, que anda callada, a punto de lágrima, y me abraza con fuerza.

—Cuando hables con mi hijo, dile que busque trabajo en Ferrol o en Coruña; que deje Cataluña; que se las arregle para que por nuestra tierra continúe el apellido que traemos. Es algo que puedes hacer por mí, y por Galicia.

—Será hecho.

Bajando las escaleras con escasa iluminación, siento la mano amiga de Inés cogiendo la mía. En el portal, me pide el pañuelo. En la calle con raros puntos de luz, se seca los ojos.

—Ay, compañero —concluye—, qué poco emocionante es lo que nos tocó vivir a nosotros. Estos viejos sí que vivieron.

227

En el campo de concentración

De La Habana a Varadero se pasa por Matanzas y se ve algo de la isla larga, tal vez una décima parte de su longitud. Hay una autopista y trozos de carretera menor. A un lado y otro, corren espacios de verde sereno —quizá grisáceo— y se contempla la espectacularidad de un río encañonado y un valle cubierto de palmeras. Se ven vacas escasas y menudas, una central nuclear con lema del gremio eléctrico, gente que pide transporte enseñando el cuerpo bonito al sol...

El microbús de la compañía de turismo hace parada en un lugar típico donde ofrecen zumo de caña con hielo y donde los retretes tienen privacidad y papel higiénico, elementos principales para quien anda tomando sellos de carbón en el intento de cortar el mal que le aprieta el vientre.

Tropa variada la que nos acompaña. Unos costarricenses floreados en la ropa explican a una pareja de mejicanos rubios como conseguir en La Habana lo que parece imposible por ley: derechos de propiedad sobre inmuebles, inversión —insisten los centroamericanos— acertada de cara a lo que viene: una gran demanda de habitación digna en la capital durante el "proceso de liberalización" a que se va a lanzar Castro. Unos franceses evidentemente gemelos y homosexuales entienden con dificultad esta conversación en castellano pero se muestran interesadísimos, a punto de pedir que se les explique en inglés. Lo hace con acierto la señora mejicana y entran en la rueda un irlandés cargado de cámaras y un canadiense con T-shirt ilustrada con el letrero de *Be gay, be strong*. Todos quieren tener apartamento en La Habana... Se lo tenemos que decir a Fina, le comento a Inés.

Matanzas tiene un nombre terriblemente español, que imagino relacionado con alguna barbaridad contra indios o negros, y —aparte deterioros manifiestos— debió de ser la tranquila ciudad provinciana que don Remigio describe como "importante" para la carrera del que vende tejidos detrás de un mostrador. Allí —da testimonio el abuelo— "todas las clientas traían a las hijas de buen ver hasta los negocios en que hubiese un gallego, porque teníamos fama de trabajadores".

Pasando por Matanzas, otra vez lamento la condición humana, la incapacidad para vivir más de una vida —algo tan necesario para un narrador. No sé por qué (el cerebro tiene rarezas), me veo encajado en un traje claro, chaqueta de muchos botones, zapatos de dos colores y un sombrero panamá ladeado, dando palestra a una muchacha perfumadita de tierno mirar, primogénita heredera de familia española, vigilada discretamente por su madre en parque con árboles floridos. El escenario ha de ser, necesariamente, esta ciudad que atravesamos despaciosamente con mucha explicación de los guías en dos idiomas...

Varadero es una lengua de tierra, roca a un lado y arena finísima al otro. En los anteriores tiempos tendría casas grandes con las que la burguesía intentase mostrar sus capacidades. Algo queda de eso, pero sobre su continuo arenal hoy manda un tumulto de *tour operators*, con paquetes de viaje y estancia, desplazamientos y camas negociados en países donde el dólar no asusta.

Este destino de tantas fantasías es un campo de concentración turístico, con hoteles como barracones de internamiento grandísimos, lujosos, donde para los internos todo está programado: desayuno en el buffet, baños en la playa o en la piscina, refrescos y comida rápida mirando el mar bajo un techo de paja..., siesta, deportes fáciles, cena en distintos restaurantes del complejo, copas y baile, concursos dirigidos por los animadores...

De cuando en cuando se hacen excursiones. Se cambia la playa perfecta de todos los días, con servicio de sombra y hamaca (a dos dólares), por otra playa todavía más perfecta, de arena más blanca y fina, con agua más quieta y caliente, en la soledad de un *cayo*. Hay barcos que salen de una marina y navegan hasta i *giardini coralini* que parecen fascinar a los infinitos italianos desplazados a la isla. Escafandra y aletas de buceo dejan ver la exhuberancia de formas y colores del coral y los pececitos. La sabiduría de mucho sumergirse lleva a los tripulantes del barco hasta concentraciones de langostas que cazan de forma ilegal e ilegalmente preparan para los turistas, con mojo suave y arroz.

También se puede recorrer el campo de concentración en taxi, para probar algo diferente, quizá en una *paladar* donde los precios de la langosta se dividen por dos o tres en relación a los del hotel-barracón; o tal vez en el Parque Josone, donde hay cocina "internacional" y criolla —está basada en fríjol, arroz, cerdo y banana.

Poquísimo queda por ver en el que se atreven a llamar pueblo. La librería Ho-Chi-Min merece foto (por el nombre). Hay un centro comercial con locales vacíos y tiendas de productos de sueño para los cubanos: vulgaridades en los países de economía normal, nada baratas para los turistas.

Varadero tiene baños inolvidables, paseos a la luz de la luna para provocar amores y muestras asombrosas de tormenta nocturna: relámpagos que iluminan cavernas inmensas entre nubes, rayos que caen en el mar durante tiempo y tiempo.

La gente es mucha, ejércitos de europeos y canadienses, pero la naturaleza es tan generosa que sobra lugar para todos. Por eso sorprende que los nativos —los dueños verdaderos de esta maravilla— no tengan acceso al arenal repisado por los extranjeros.

Tal fue lo que nos explicó un sujeto elegantón, al que juzgamos canario por el habla, cualquier mañana en que nos fuimos a tumbar al sol cerca de un grupo de matrimonios de Oporto, que habían aterrizado directamente en Varadero y no querían saber del resto de la isla *"nem de revoluções: a gente já teve de mais com a dos Cravos"*. Estaban hartos de la de los claveles.

El habla de los cubanos se parece a la de los "isleños". El acento es semejante y, como los canarios, dicen palabras extrañas al español americano (por ejemplo, coger) y otras comunes en sus islas (guagua, por ejemplo). Siendo educados y tentados a fingir lengua de élite, todavía confunden más.

La confusión de las hablas para quien no está acostumbrado hizo que en principio no entendiésemos por qué aquel hombre de pelo marcado por el gris, con lentes oscuros y traje de baño de cualquier latitud, nos preguntaba si teníamos inconveniente en dejar a su familia sentarse junto a nosotros. Lo juzgamos canario pero después, cuando su mujer y sus chicos afloraron del matorral circundante, ya nos dimos cuenta de que estábamos equivocados y de que en la escena había algo de clandestinidad. La exageración en los saludos que nos dieron, como si nos conocieran de siempre, acabó de quitarnos el velo de los ojos.

Tras intercambiar los nombres —nuestros, del matrimonio y de los tres hijos, todos varones— nos explicaron que trampear era el único modo de pasar vacaciones en Varadero y gozar de lo que los cónyuges habían disfrutado como propio en su infancia. Venían en coche desde Matanzas, donde residían, y se instalaban en la casa de un empleado de hotel que daba pensión a escondidas (y de la misma manera organizaba comidas —excelentes— para turistas). Pagaban por la ocupación del espacio en la casa y se arreglaban para limpiar, lavar y cocinar por su cuenta. Era más un alquiler que una pensión según lo entendemos por nuestros pagos.

—Venimos en nuestro *carro* —había un puntito de vanidad al hablar de coche propio—. Lo estacionamos como si fuéramos clientes del hotel y, con suerte, nos libramos de que nos llamen la atención por hacerlo.

Lo más complicado era la permanencia en la playa. Los tipos que administraban las hamacas (con gafas oscuras, camisas floreadas y *walkie-talkies*) eran vigilantes aleccionados para expulsar a los cubanos del complejo exclusivo para turistas.

—La forma de librarnos de la expulsión es aparecer como invitados de algún residente: por eso los aspavientos en el primer saludo. Tienen que perdonar...

Nos pareció una gente simpática. Como madre nutricia, Inés no tardó en solidarizarse con Aurorita, de quien los chicos demandaban comida y bebida continuamente; y enseguida sentí que Roberto no emitía con mi frecuencia ideológica: siendo casi de la misma edad y perteneciendo a la misma civilización judeo-cristiana e hispánica, yo había tenido la suerte de educarme en la libertad oculta que permitía el franquismo mientras él era indoctrinado en el marxismo insular y vigilante.

Con todo, el humor prevaleció. La proximidad del nuevo 98, del centenario, nos llevó a muchas explicaciones presididas por los "muñes" de Juan Padrón, artista acariciado por la cultura oficial del gobierno socialista español.

En la pobreza de medios y miras de la televisión castrista hay deporte —supuestamente despolitizador, sedante— y "muñes" —muñequitos— como les llaman los niños. Juan Padrón lleva años haciendo una serie interminable de dibujos animados sobre la guerra de la independencia cubana. Su objetivo es poner en ridículo a los militares españoles, unos bobos hinchados de soberbia bajo el mando del general Resóplez, que tiene bigotes como los de mi abuelo Remigio. Los españolitos siempre salen apaleados por los mambises que manda Elpidio Valdés. Siempre pierden, capítulo a capítulo.

Pero esa es la versión oficial, porque estos amigos de encuentro tienen otra versión, la de la crítica que el sistema silencia:

—El caso —cuenta Aurora— es que el hotel Habana Libre estaba hecho un desastre cuando se hizo cargo de él una empresa española. Sobraban empleados para el servicio que se daba y, encima, todos ellos intentaban meter allí a la familia a comer gratis... Hasta que el administrador español puso orden: despidió a los que no daban golpe y prohibió el tráfico de comida. El hotel echó a andar y la gente inventó un cuento que Padrón no se atreve a reproducir —aquí cambia de ritmo y gesticula—: Un día se presenta el coronel Elpidio Valdés en la *carpeta* del *Habana Libre* y pide alojamiento. Los recepcionistas no le hacen caso. Se enfada el héroe nacional, arrea un machetazo en el mostrador y, por fin, un empleado le dice lo peor: "Mi coronel, mire que ahora manda aquí Resóplez"...

Como ese cuento hubo otros muchos por su parte, cubanos, mezclados con historias nuestras de las tierras donde la sangre gallega se entregó: Portugal, Argentina, Brasil... Relataron y nos hicieron relatar. Estaban ávidos de algo difícil de imaginar en su isla desconectada del mundo.

Buena gente. No pudimos resistirnos al convite que Aurora y Roberto nos hicieron al tercer día de conversaciones bajo las palmeras y frente al mar. Querían que a la noche siguiente los acompañásemos a su pensión, donde nos tenían "algo" preparado.

Tal hicimos, en su *Lada* de cristal partido y remendado con cola *epoxy* gracias a las mañas de Roberto, profesor de Letras, soñador de poemas y admirador de escritores para mí dispensables como García Márquez, Vargas Llosa o Neruda — e ignorador de Jorge Amado, Graciliano Ramos o Guimarães Rosa que yo admiro...

La casa, de amplias estancias, debió de albergar vidas alegres en sus tiempos de esplendor. La construcción era anterior al segundo periodo dictatorial de Batista. Siempre había sido de la familia que ahora la ocupaba parcialmente y en ella admitía huéspedes no declarados. Estaba limpia, bien conservada, repintada. Los buenos materiales de origen, maderas, cementos y cerámicas, transmitían una impresión de contraste con lo que veníamos viendo. La vista desde la baranda —palmeral, arenal y olas— excitaba la envidia hacia los que la disfrutaban a diario.

En el comedor, ya ocupado por clientes que "mojiteaban" y hablaban lenguas diferentes, Aurora y la señora de la casa habían preparado con esmero, en mesa grande, una cena en la que abundó lo típico de esta tierra marítima: camarón, langosta y pescado. No faltó el vino (español, perdonable Rioja blanco de supermercado) y la conversación fue rápida, con intervenciones del ama de la casa, que se nos sentaba entre descansos de la atención a otros comensales.

Por ella supimos que allí, a nuestro lado, en las tres mesas vecinas había hombres de negocios dominicanos con un canadiense directivo de la planta de níquel de Moa, unos ingleses que organizaban *tours* de aventura en barco de vela por el Caribe y —bajó la voz— la italiana con su "mulato poderoso".

En este punto hubo sintonía de malicia en los ojos de la patrona y de nuestra anfitriona. Se levantó aquélla, a responder cualquier pregunta de la empleada que servía las mesas, y Aurora aprovechó para informar: la italiana pasaba de los cincuenta y se había sometido a todo tipo de cirugías aquí en Cuba, que son baratas, para "mantener el edificio". Pero algo la denunciaba: llevaba lentes para la presbicia cortadas a la mitad, cuando podría disimular con unas progresivas, aparatosas, al estilo de las que anuncia Sofía Loren.

El mulato era Vladimirito, un profesional... —la informante bajó los ojos sobre el marisco y el arroz—. Profesional con *tamaños* que anuncian en fotos él y su agente.

Bien. Cena perfecta: gente culta, de cultura literaria parcial, dominada por un españolismo monolítico, ignorante de la variedad cultural de la Península Ibérica (se negaban a entender la originalidad de Valle-Inclán basada en su condición de gallego)... Hablamos de Literatura y nos metimos en maledicencias sobre el submundo de Varadero; y en curiosidades: por ejemplo, *el Comandante en Jefe* venía a pasar vacaciones durante los años previos al turismo en la mansioncita del Parque Josone e iba a la playa a través de un túnel.

Con los detalles curiosos surge un acento de crítica que se agudiza según aumenta la confianza; y cuando relatamos nuestras visiones de La Habana, al llegar a la de las alturas del Cristo de Casablanca, la patrona interrumpe para lanzar un venablo:

—El Comandante siempre fue generoso, hasta capaz de paliar los castigos divinos... —hace una pausa intrigante y vuelve—: Ese Cristo fue el empeño de una escultora malísima pero de familia que mandaba. Es un quiero y no puedo, una imitación en pequeño del de Río de Janeiro. Después de un año de triunfar la Revolución, le cayó un rayo y le deshizo la cabeza. Por entonces la escultora estaría en Miami y la Iglesia católica andaba a la espera de que el Comandante decidiese sobre su futuro; los obispos no pintaban nada... Pero *él* fue magnánimo: mandó rehacerle la cabeza al Redentor y ponerle un buen pararrayos —suelta una carcajada clara y cambia de tono, hacia el secreto:— Después ustedes hablan con mi padre. Que el viejo les cuente...

El café viene a la baranda; café, ron y el hálito tibio de la brisa que se humedeció sobre el mar caliente, acariciado por el sol. De una puerta en el extremo del balcón-corredor con tejado surge una figura de gran porte, indefinida en la luz solar declinante. La lámpara próxima ya deja ver un personaje corpulento y delgado, con pelo y barba blancos, el rostro arrugado por muchas décadas de vivir, un gesto de amargura entre cejas y labios. Viste la guayabera nacional y calza sandalias.

La dueña del negocio, su hija como ya sabemos, nos lo presenta con título de profesor y a nosotros nos da el mismo título.

Se sienta aquella figura respetable y la sirvienta vuela a traerle el café. Nuestros anfitriones se dirigen a él con distancia sospechosa. Nos introducen haciendo síntesis: matrimonio de profesores universitarios, la señora de filología inglesa y el marido de arquitectura de computadores; procedentes de Galicia, ella de muy cerca de las tierras del padre de los Castro, él de la costa de donde salieron los pescadores de la Casablanca habanera.

Conocidas esas claves de nuestras personalidades, el señor empieza una conversación dirigida a ilustrar a los visitantes españoles, con escasas deferencias para el resto de los contertulios:

Enseguida sabemos que el níquel del que habla *Granma* aparece en tierras rojas de las provincias orientales de Cuba, con abundancia increíble, suficiente como para justificar buena parte de la balanza comercial. La Revolución pilló a los yanquis con una planta de gran producción que tuvieron que abandonar, abandonando con ella la posibilidad de mantenimiento, suplida por ingenieros cubanos en un alarde de capacidad de trabajo e inventiva. Y el fin del Bloque del Este, la desmembración de la Unión Soviética, la disolución del COMECON, toda la caída del sostén económico del castrismo, de nuevo cogió a la industria del níquel como víctima, porque no se podría rematar un proyecto en marcha con tecnología alternativa a la occidental.

Cuba, por su condición especial, siempre especial, durante treinta y siete años especiales por voluntad del *Comandante en Jefe*, es un excelente laboratorio para el estudio de la compatibilidad de las distintas soluciones tecnológicas. Si alguien quiere aprender "ingeniería de supervivencia", que venga a aprenderla a Cuba.

—Nunca se vio un *abogadito* —concluye, con retranca— que tanto hiciese por la tecnología... Ni por la medicina, claro, porque aquí todos los inventos son *suyos*. El Comandante siempre aparece como promotor e inventor. El cuento ese del médico de familia en Cuba que les quisieron vender a los españoles partió de su mente iluminada: en cada barrio tiene que haber un médico residente, con enfermera; como hace más de un siglo había en España, o al menos en partes de España, en zonas de Castilla y Aragón, según contaba mi padre, que era soriano.

Soriano y de apellido procedente del latín, modelado a golpe de hacha verbal por los vascos: innegablemente castellano viejo, de los que imprimen carácter —numantino— a los que lo llevan, aunque tengan el hablar blandengue —casi canario— de los naturales de lejanas islas del Caribe... Sujeto interesante este, que prosigue:

—Yo tengo familia en Soria y recibo noticias de ellos. Hubo tiempos en que tenía noticias constantemente, viajé por Europa y me acerqué a España. Vi la evolución, en tiempos de Franco y hasta un poco después; y sé lo que ustedes fueron capaces de hacer, aún bajo una dictadura, pero una dictadura en la que algo de calvinismo hubo, porque los tecnócratas del Opus son calvinistas... Yo hablaba aquí, hablé de más, y eso fue mi desgracia... —la arruga del entrecejo se le hace más profunda pero de inmediato reacciona—: Aquí los medios de comunicación, después de repasar nuestra miseria injusta e injustificable, arman mentiras ridículas. La tasa de desempleo en España es disculpa para propalar que allá tienen hambre y mendicidad como en los tiempos de la posguerra. Mis primos dicen que en España no sufren miseria ni los gitanos; que hay pillería, eso sí, que la Madre Patria es tierra de pícaros; hay fraude en los subsidios de desempleo y economía sumergida para escapar al fisco. Tiene que haberlos porque, si no, ¿cómo se entiende el nivel de vida general en todo el país?

Paramos un momento para apreciar un combinado a base de ron que nos ofrece el dueño de la casa, incorporado a nuestra tertulia al fin de la jornada en su hotel. En el lapso, con expectativas del discurso del "profesor", los intestinos me dan un aviso agudo de líquidos y gases disparados. Pero aguanto, interesadísimo.

El recién llegado comenta algo de un pariente que se metió a "balsero" en la desesperación de juntarse con el resto de la familia en Miami. Le salió mal la operación, un compañero se ahogó y acabó retornando, entregándose al proceso de descrédito, de rechazo que conduce a la base de la pirámide social cubana: a la agricultura. Ahora era otro profesor más condenado a labrador... (en este trecho de conversación aparece una palabra propia del castellano cubano: "seguroso", individuo que trabaja para la seguridad del Estado, equivalente al "social" del franquismo).

Pregunto por los medios de comunicación masiva. Ya vi que hay dos canales de televisión, con culebrones, documentales, noticias progubernamentales, deportes a chorro y *cartoons* de Resóplez. Oí radio con música de distintos orígenes y locutores que pronunciaban correctamente el inglés. Vi el raquitismo del Granma...

Televisión —me responden— es solo lo que llegué a ver; pero radio..., la hay propia y también de la contra. Jorge Mas Canosa tiene La Voz de la Fundación, con una locutora que hace cosas diabólicas.

Se llama Ninoska Pérez Castelló y, usando su dominio de las claves del habla cubana, llama por teléfono a la gente de la calle y a los funcionarios, y los confunde con preguntas como las de los encuestadores que informan al gobierno. Pregunta acerca de lo que vaya a pasar "tras la desaparición del Comandante" y cosas de tal guisa. Hay tipos cautos que no se mojan, pero otros caen en la trampa. Y sus respuestas están saliendo por el aire, desde Florida, con el correspondiente impacto.

Lo que no consiguió la censura del régimen castrista fue poner pantallas de Faraday en el corto espacio que llena el mar entre la península entregada por los españoles a los ingleses y la isla que conservaron gracias a la entrega de tierras en el continente. Lo que tampoco sabe impedir la censura es el establecimiento de circuitos telefónicos desde el exterior. Por las ondas y por los cables se le cuela la crítica. Las telecomunicaciones son enemigos invencibles.

No sucede lo mismo con la prensa.

—Aquí —nos recuerda el venerable— pasamos de tener una oferta variada de emisiones de radio a sólo oír emisiones en cadena con el mismo contenido; y de muchos periódicos gruesos a las ocho páginas mal impresas del *Granma*. Tiempo atrás, el *Granma* traía más páginas y había alguna publicación semanal, como el *Trabajadores*, de los sindicatos, pero la desconexión con los países del Este de Europa cortó la llegada de muchas cosas, de la leche en polvo, por ejemplo, y de la pulpa de papel... Aunque a ustedes les pueda parecer increíble, por ese diario de ocho páginas pagamos cuatro pesos y medio al mes; o sea... —se retoca el pelo mientras hace la cuenta— unos veinte centavos de dólar... Y es reciclable: ya sabrán que el papel higiénico anda escasísimo.

Le reímos la gracia y continúa:

—En nuestro país las cosas no son como eran en España durante la dictadura de Franco. Yo vi allá cómo se mandaban los artículos y las informaciones a la censura, y cómo se devolvían censurados; con todas las tensiones que eso provocaba cuando los periódicos se imprimían con plomo y había que levantar las planchas... En Cuba la solución es mucho más efectiva: no hay periodistas sino copistas al dictado. El periódico es del Estado; el Comité Central del partido tiene una comisión de censura que dicta los contenidos. Y se acabó.

Inés, la cara iluminada por esencias de ron, lanza otra cuestión a la tertulia:

—Eso es con la prensa y supongo que con la radio y la televisión. Pero aquí tienen ustedes un medio peculiar: letreros, carteles, vallas de anuncio. Hay consignas por todas partes... ¿Cómo se organiza eso?

—Es responsabilidad del DOR —interviene Roberto—. El DOR es el Departamento de Orientación Revolucionaria. Ellos hacen todo, hasta los textos de lo que hay que chillar durante los discursos de Fidel: "Fidel, seguro, al yanqui dale duro"...

Ofrecen tabaco, recurso importante para los descansos de las conversaciones. Acepto un purito oloroso con pena de que el tabaco produzca cáncer... La noche tibia cayó sobre el mar en calma y vienen de alrededor melodías pegajosas, de las que convidan a bailar arrimando los cuerpos, incitando a mayores arrimos.

—Hay una retroalimentación entre el pensamiento del Comandante en Jefe y el DOR —asegura el viejo profesor exhalando humo—. Yo diría que es una retroalimentación telepática. No necesitan ni hablarse... ¿Quién no recuerda cómo se manejaron durante la crisis de la subida de los transportes? Subieron —aclara para nosotros, los extranjeros— de cinco a diez centavos por billete; y después nos hicieron tragar lo de las *Cuarentiñas*.

Surgen risotadas y, tras ellas, las aclaraciones. *Quarentinha* era el nombre de un bandido de serie televisiva brasileña que los habaneros adoptaron —como el de *Paladar*— para diferente uso, aunque en este asunto la aplicación del término sea superior muestra de humor.

El caso notable fue que, en un ambiente de revuelta popular (para quien gana cien pesos al mes no es lo mismo gastarse dos que cuatro en transporte) fue cuando apareció el ómnibus que iba a hacer trayectos largos de servicio rápido, sin paradas. El billete iba a costar ¡cuarenta! centavos. De ahí, por asociación de ideas (asalto, robo y bandidaje), el nombre... Y lo peor, el desastre subsecuente: el transporte se montó sobre autobusillos de fabricación cubana, los *Girón 4*, con motores de Rumania o de por ahí, infiables y consumidores. Pero el Comandante, que todo inventa, empleó su artillería verbal y la gráfica del DOR para convencer al pueblo del avance.

—Maquiavelo a su lado sería un chico inocente —rotundiza el hombre mayor de rostro amargado.

Los otros clientes nos quedan lejos y el nivel acústico de nuestra conversación es bajo. Con todo, podrían escucharnos y entender el castellano. Pero sin embargo —me llama la atención— no hay recato en lo que dicen nuestros contertulios, ni siquiera hablan de *él* como tanta gente. Es como si nuestra presencia los hubiera provocado mientras el ron les calentaba la boca. Estoy seguro de que necesitan hablar, y de que lo hacen porque un olfato fino, depurado con los años, les hizo detectar que somos confiables.

En esa seguridad pregunto por los orígenes de lo que estamos viendo ahora, en este mundo aparte creado por una revolución que en sus principios despistó a yanquis, europeos, agencias de información y a la propia Iglesia, siempre tan bien informada.

Acerté. Era lo que querían. Hablan. Tardan poco en llegar al juicio y fusilamiento del general Ochoa, glorioso exponente del ejército castrista, el tercer ejército nacional.

De ahí saltamos al ejército primero, el creado por los norteamericanos tras la derrota de los españoles; un ejército de élite que se fue a enfrentar a realidades incalculadas. Contra esa élite Fulgencio Batista dirigió la revolución de los sargentos, cuando ni sargento de verdad era, pues era un asimilado civil, taquígrafo de oficio. El tal sargento taquígrafo pondría las bases del sistema corrupto por naturaleza que abonó el campo en el que iba a crecer la insurrección organizada por el "Alejandro Magno del Caribe".

Todos los tiranos son tipos osados. Y frente a ellos pierden los que se confían o se dejan confundir. A los oficiales del ejército instruido por los yanquis los perdió la soberbia. Viendo que Batista ascendía a todos los sargentos a tenientes coroneles (él se había hecho coronel), los de carrera se encerraron en el Hotel Nacional en asamblea reivindicativa. El tiranete mandó disparar unos cañonazos contra el hotel desde un barquito y los encerrados salieron huyendo; lo que los perdió, porque fuera del hotel estaban a su espera los soldados obedientes a los antiguos suboficiales.

Batista acabó con el primer ejército. Fidel y las suyos vencieron al segundo, el de Batista. Era un ejército profesional, pagado; que no quiso creerse su derrota. Camilo Cienfuegos fue encargado de irles a decir a los vencidos, acuartelados a la espera del sueldo de todos los meses, "Miren, váyansome pa'l coño 'e su madre" pero ellos no querían creerlo.

El dueño de la casa recuerda cómo su padre le contaba de una manifestación de militares batististas entrando en son de paz en La Habana, desarmados y con sus estandartes, en busca de una explicación. No podían comprender la verdad: que estaban despedidos. Que los despedían como a cualquier empleado. Que no los necesitaban más.

El origen del tercer ejército nacional de Cuba está en las locuras del Fidel, que siempre quiso ser general.

—Las pistolas le gustaban mucho —recuerda el profesor—. En la universidad había pandillas de *gangsters* que aprobaban asignaturas a punta de pistola... —se detiene y sorbe el combinado oloroso, frío; y yo miro a Inés, con recelo de la sugerencia, recordando el calificativo de "abogadito"—. El Comandante siempre quiso ser comandante, pero en la facultad solo llegó a *vice*... Todavía me acuerdo de cuando se presentó para diputado. Muchos me dijeron que era un *gangster* pero entonces no me importaba... —se corta en el discurso. Parecería que dudase, después de haber mostrado firmeza con voz ronca, de patriarca en película de Hollywood—. Su presunción de militar, de Alejandro Magno de las islas, se le vio cuando la aventura de Cayo Confite. Quiso armar un ejército para derrocar a Trujillo. Se adiestraba allá en el cayo y cuando volvía por La Habana dejaba ver la pistola... Después armó la *proeza* del Moncada, con gente de Artemisa, que es una zona rústica. Metió a los asaltantes en una ratonera. Al soldadito que estaba a la puerta del cuartel aún consiguieron asustarlo pero los de dentro se les revolvieron. Los gloriosos revolucionarios traían uniformes, pero las armas eran fusiles de caza y los militares emplazaron una ametralladora. Cuando la cosa se les puso mal, Fidel se echó al monte y anduvo vagando sin comida... Hasta que lo detuvieron. Lo pillaron durmiendo.

—Nunca entenderé —interrumpo— cómo no lo mataron; ni cuando lo sorprendieron ni después, cuando el juicio. ¿Lo protegió la familia, acaso?

No. Todos opinan que la familia no le valió. Poco podían los Castro Ruz, hijos de un gallego viejo que se lió con una criada joven, criolla. Lo salvaron un cubano mulato, teniente del ejército de los sargentos, y un gallego venerable, el arzobispo de Santiago de Cuba.

Fidel mostró en esa ocasión la osadía y la astucia que lo mantendrán vivo "hasta que me pare en una esquina", como él le dice a García Márquez. La partida del teniente Sarría localizó a Fidel y a los que habían escapado con él en una choza del monte y al parecer el tipo, cuando se vio perdido, le soltó al jefe de sus captores: "Soy Fidel Castro y usted responde de mi captura y mi vida".

El moreno no lo entregó a un coronel que se los encontró por el camino hacia la zona urbana y que así lo exigió; ni llevó a los detenidos al cuartel de Moncada porque sabía lo que allí estaba pasando. Los entregó en una comisaría de policía.

Su otro valedor fue monseñor Pérez Serantes. Ya habían matado a más de ochenta de los atacantes del cuartel y el obispo levantó la voz exigiendo que no se pasase por las armas a nadie más, que a los detenidos se les hiciera juicio en condiciones dignas.

—Hubo el juicio y el Magno Castro se defendió alegando que la Historia lo absolvería... —concluye las intervenciones el profesor—. Pueda ser que la Historia, que son letras sobre papel, sí lo absuelva, pero no los que pusimos en él nuestras ilusiones, los que con él quisimos hacer una Cuba culta, industrializada y democrática para siempre...

La maldición sigue apretando a mi barriga indiscreta, ingobernable. No puedo evitar ir al cuarto de baño, donde discurro entre azulejos: algo grave tuvo que pasarle con el Comandante en Jefe a este hombre que habla tan sugerentemente. Todos los poderosos van dejando agraviados, aunque solo sea por su desprecio. En La Habana, el anciano amigo de nuestra familia no estaba dispuesto a disculpar. Pero su acento no era tan agrio como el del anciano recién conocido.

Rumiando sospechas atravieso el gran chalé de piso enmaderado, encerado, reluciente; y me reincorporo a la tertulia cuando la figura principal se dirige a mi mujer:

—Conmigo, profesora, usó el método general, el usado contra los que nos atrevimos a expresar discrepancias, aunque fuera a él solo, confidencialmente. Me llamó y me dijo: "Usted se me va para su casa y se queda allí hasta que yo me acuerde de usted". Pasaron los días y las semanas y no parecía acordarse para nada de mí; hasta que me mandó de emisario a un amigo común, que entonces todavía gozaba de su confianza. El amigo me vino a decir: "Mira, que el Comandante está encabronado contigo y hay que poner las cosas en su sitio". Mi sitio fue Camagüey hasta el retiro. Me mandó que entregase el coche oficial, envió una nota al *Granma* comunicando mi destitución y nunca más existí en un medio de comunicación. Viví todos esos años administrando una explotación agraria y sufriendo por la incapacidad de poder desarrollar un plan productivo...

Hay unos primeros síntomas de somnolencia en los dueños de la casa. Los clientes que hablaban inglés e italiano ya desaparecieron. Entiendo que es necesario irse. Con una oferta:

—Si quiere algo para sus parientes de Soria...

—Gracias, están todos en Madrid y un sobrino trabaja en Iberia. Lo veo con cierta frecuencia e intercambiamos de todo.

Agradecemos la velada y nos despedimos. En el taxi de vuelta al hotel le comunico a Inés mi sentimiento:

—Andar con esta tropa es como andar con los argentinos "bien"; como con tus primos y con la gente de las universidades de allá: es como si fueran vecinos, amigos de siempre, gente como nosotros. Pero con estos cubanos más: son unos españoles de lejos.

La limonada de la casa del pescador me amargó un par de días más la estancia en Varadero. Hasta que me decidí a ir al médico.

Llegué deshidratado a la consulta del complejo turístico y el facultativo decidió inyectarme suero. Cuando estaba todo preparado, se presentó de repente un hombre con ropas de trabajo que pregonaban ser de asalariado en el grupo Meliá. Venía a quejarse de un dolor de muelas, desesperado, y pidió que le inyectasen un calmante.

El responsable de la clínica fue explícito:

—Mira cómo tú te resuelves, porque aquí solo hay jeringuillas para los turistas.

Los que hablan inglés —pensé después de oír tal respuesta— definen eso con su efectividad monosilábica. Para ellos, en determinadas sociedades hay *haves* y *have-nots*: los que tienen y los que no tienen, ni derecho a aliviarse de un dolor de muelas enloquecedor...

Pagué cuarenta dólares, salí hidratado de la clínica y con un medicamento sin caja ni el prescriptivo papel de indicaciones, caducidad y demás detalles de nuestro mundo europeo.

Pero las pastillas me hicieron efecto y disfruté horas tranquilas: leí *Allá en la Patagonia* de María Brunswig, conversé con Roberto sobre epistolarios y relatos de viaje, supe del viejo profesor lo necesario para que Fuco escriba un novelón de intriga si vuelve vivo del monte en que se perdían los gallegos carboneros; y me bañé con miedo del paso de las mañanas y las tardes, de que me llegase el momento de la última inmersión en aguas caldas y mansas.

Hicimos las excursiones de rigor. Navegando, conocimos a un porteño viajado que nos recomendó Cancún, donde los precios son buenos, las playas como las cubanas y no hay sensación de asedio ni vigilancia, porque Méjico es un *quilombo* sin doctrinas; y también conocimos a más portugueses, atraídos por nuestra habla gallega y desengañados de Cuba, enfadados con el dispendio para tan poco servicio, maldiciendo no haber ido a las playas del Brasil de siempre, barato y cariñoso.

A la sombra de una palmera atrevida, proyectada contra el mar, durante los últimos días tomé notas de lo que había vivido —en un código infantil, mezcla alfanumérica de las lenguas humanas y los lenguajes de máquina que uso a diario.

Para hacerlo, me aparté de la compañía de Roberto y los suyos, a quienes Inés atendía. Busqué un rincón extremo del arenal; fueron mis compañeros un hombrecillo negro que ofrecía caracolas gigantes con labios de nácar rosado desde su escondrijo en el monte a espaldas de la playa, y un ave zancuda de fortísimo pico y ojos de espanto que cazaba insectos entre las raíces del monte que invadían la arena.

Nunca olvidaré el lugar. Ni el esfuerzo de voluntad que tuve que hacer para retornar a mi habitación de hotel en la tarde del adiós.

Adiós. Ya viví lo suficiente como para no conseguir recordar todos los sitios donde estuve. Pero, aún así, maldigo mi vida cobarde, que se agota sin haber visto todo lo que se puede ver; lo que se disfruta en el momento a riesgo de olvidarlo después —porque, según Conan Doyle hizo decir a su Holmes, el cerebro es como un desván donde no cabe de todo; donde los conocimientos han de ser bien estibados.

Adiós. No importa olvidar lo vivido. Volvemos hacia el aeropuerto Martí, el cuerpo torrado de sol y el alma lastimada: extrañas vacaciones.

El calor llena la noche del aeropuerto. La terminal estalla de gentío. En esta fecha no hay combinación de vuelta a Compostela por Lisboa y vamos a retornar vía Barajas. En un mostrador de información nos aseguran que las filas para la facturación a Madrid se empezarán a formar sobre las nueve y media. Hay tiempo y lo aprovecho en incursión a los retretes, por miedo a un inoportuno ataque del mal que se me va pasando con ayuda del medicamento sin caja ni papeles.

A la puerta de la sala de aseo hay un moreno viejo al que se le suponen obligaciones de cuidador, fumando sentado junto a una mesa con bandeja y monedas.

Dentro hay hombres en labores de micción y defecación. Huele a heces sin disimulo y no me atrevo a seguir: veo un retrete de puerta baja e indiscreta con la taza llena de bolos fecales y la pared pintarrajeada de los restos marrones que fácilmente quedan alrededor del esfínter terminal del aparato digestivo. El papel no existe.

Me dispongo entonces a resistir retortijones, heroicamente. Al pasar junto al mulato fumador, suelto en su bandeja "el menudo", las últimas fracciones de peso convertible de mi monedero; y me río de la advertencia que se me hizo en Compostela: hay que guardar quince dólares para "servicios de aeropuerto"... [18]

Inés espera con la maleta y los bolsos al lado de Fina, que nos vino a despedir. Hablan, otra vez de historias de mujeres; y de hombres que con ellas se enredan. Las escucho con la mente perdida, en el Centro Gallego, en los lugares de La Habana Vieja, en Casablanca... Hasta que doy con la vista en un pelo gris y tieso, en una barba escasa y gris, en unas gafas caídas a mitad de una nariz que recuerda un pico de pato, inconfundible: Fuco Castelo.

Fuco se arrima a un mostrador de facturación. El atropello de gente en ese punto es tal que decido preguntar a la encargada de la información antes de acercarme al amigo.

Efectivamente (he ahí los servicios por los que se pagan quince dólares) la funcionaria "antes" se había confundido: el avión para Madrid ya está recogiendo equipajes y enseguida se hará el embarque.

Fuco está avanzando, una masa de turistas intenta acercarse al mostrador tras él. En la fila informe hay muestra de mulatas explosivas, quizá cabareteras camino de la Europa dorada. Unos cubanos anuncian que vamos a volar en avión nuevo, americano; y con tres clases: primera, tropical y turista. Fina explica las menudencias de su divorcio, detalles de un proceso que no me interesa. La clase tropical —escucho— da opción a bebidas cubanas. Decido acercarme hasta Fuco y pedirle que espere por nosotros para coger asientos juntos y así hablar durante el viaje.

Vuelve a casa tan moreno como yo y anda sombrío, de pocas palabras. Dice que lo siente mucho pero que no se mueve de donde está porque los de la agencia de viajes le dieron aviso de *overbooking*. Al ver la angustia en mi cara, mira hacia atrás y echa un cálculo:

—Tranquilo —me dice—. No te preocupes, que detrás de ti hay demasiada gente como para que vosotros no entréis.

Pero ese cálculo tampoco le hace abandonar el lugar conseguido a fuerza de previsión.

Vuelvo a cuidar de mi mujer. Fina nos cuenta que ya ve su retorno a España. No sabe si a Galicia o a Barcelona, por las facilidades del cine en Cataluña; pero no ve que jamás vaya a dejar Cuba del todo, porque Cuba se le agarró "aquí dentro" (echa mano a la tela de la blusa sobre pecho izquierdo) y forma parte de su vida. Ella piensa vivir para ver florecer un país tan pronto dejen de quererlo estrangular "los yanquis hijos de puta".

No quiero hacer comentarios sobre tal estrangulamiento. Estoy cansado de ver y oír.

—¿Sabes algo del Mananxo? —pregunto con conciencia mala, de traidor.

—Me llamó desde Managua. Está con sus amigos...

Mananxo el economista, Fuco el novelista, yo el cronista: nos pasa la puta vida por encima... Lentísimamente vamos avanzando, arrastrando el equipaje. Fuco viene a preguntar si tuvimos en cuenta lo de los quince dólares para después de la facturación. Él —con tarjeta de embarque— ya los va a pagar. Nos espera detrás de los controles.

Llegamos al mostrador. Facturamos sin complicaciones (pienso que Fuco quiere ir en el avión aparte, haciendo notas, escribiendo ya su novela de carboneros). Suelto los treinta dólares por Inés y por mí. Nos despedimos de Fina, que promete visitarnos en las Navidades. Intentamos subir por una escalera mecánica que no funciona. Y otra vez me topo con el funcionario de policía que sometió a escrutinio mi pasaporte al ingreso en Cuba.

De nuevo Inés no le parece sospechosa, pero vuelve las páginas de mi pasaporte en silencio y con minucia. ¿Qué demonio andará buscando? Quisiera contarle mi vida, señalada en el documento de tapas moradas, de ciudadano europeo: los congresos, los cursos, los proyectos, lo que hace una comunidad universitaria y casi universal.

Los turistas superan fácilmente controles próximos, y los pasan también los cubanos.

Por fin el fulano me deja atravesar su filtro y, tras suspiros de alivio, nos perdemos en una sala amplia e iluminada, con televisores que muestran la pesadez de los juegos olímpicos. Un negro cubano golpea furiosamente a un negro yanqui sobre el *ring*. Me pregunto por los conceptos de nación que tengan esos boxeadores bestializados —de su nación vieja, africana, y de la nueva, americana de isla o continente, a la que les dejan pertenecer con religión ajena y apellido del amo que los esclavizó o, por suerte, del que les dio libertad.

Cubanos ilusionados por las capacidades deportivas nacionales intentan animar al compatriota que ataca en Atlanta:

—Dale, negro; dale en las costillas, que mañana no pueda hacer fuerza pa cagar...

Fuco con su mochila se mueve por las tiendas. Inés va a buscarlo y me deja custodiando nuestro equipaje.

Tengo sueño, un sueño melancólico. Meto un pie por cada asa de los bolsos y dejo caer la cabeza. Me venzo, seguro de que nadie se va a atrever a tocar nuestras pertenencias porque me despertaría. El rumor de la televisión se me apaga, en el devaneo de la somnolencia navego en lancha hacia donde estuvo el Peixiño de nuestras gentes...

El avión es nuevo, recién salido de fábrica, y los tripulantes son lustrosos, vestidos con calidad de línea aérea perfecta. Inés habla con una inglesa acamaronada, vecina de asiento. Yo hablo con un muchacho que, al poco de levantar vuelo nuestro monstruo mecánico, se yergue cuanto le permite el cinto y mira por la ventanilla.

—Miami —explica, a la vista de un lucerío extenso.

Miami está ahí, cerca pero imposible, la gran ciudad más próxima a La Habana.

Después de la visión y la reflexión, el vecino me va contando que es piloto de avionetas, de las que pasan volando bajo sobre las bellezas de Varadero.

Durante años ahorró para pagar los trámites de salida de Cuba y para llevarse unos cuartos en el bolsillo. Va a España, en busca de su parentela. No sabe lo que va a encontrarse; pero lo que se encuentre —espera— nunca ha de ser "la indigencia y la represión" de las que huye.

Me dan ganas de advertirle que aún no hemos llegado allá, que no hable tan alto y tan claro, no vayamos a tener que volver a Cuba por avería. Pero creo que nada le importa la advertencia. Va borracho de ansias de mudarse.

Cena y sueño interrumpido. Fuco pasa hacia el cuarto de baño y le confiesa a Inés que ya va poniendo en orden papeles y fotos; que, según llegue, tiene que ir a trabajar y no quiere que se le olviden datos frescos (por eso anda huidizo, sin intención de conversar).

Le pido que me dé una impresión de lo que vio, comparada con lo que lleva visto de las otras Américas.

—Esto de Cuba es una épica menor —responde sin dilación.
—Épica menor... —Inés se ríe de la pedantería.
—Menor, sí —explica el novelista—. Los paisajes son pequeños. Aquí no hay punas ni pampas ni amazonías; y las hazañas de estos morenos tienen sabor de opereta... No os riáis porque no es un juego de palabras: con lo que descubrí de los carboneros tengo para una novela negra.

De madrugada entramos a territorio español sobre la ría de Muros, buscando la referencia de Compostela, a donde todavía tendremos que volar desde Madrid, desandando camino. Mi memoria se llena del abuelo Remigio, que siempre entró a Galicia por mar, lentamente. Yo soy él por un momento, apoyado en la borda del barco, a estribor, cerca de la proa, mirando con ansiedad el anuncio de tierra gallega según se trepan paralelos desde Lisboa.

En Barajas, a pesar de la falta de sueño y el dolor de oídos, me siento bien; superiormente cuando los policías de guardia al inicio de la mañana nos dividen a voces:

—¡Pasaportes comunitarios por aquí! ¡Por aquí pasaportes comunitarios!

En un momento, los recién llegados del Caribe estamos divididos en dos filas, una que avanza rápidamente; otra que no consigue avanzar.

Yo estoy en la primera, la de los *have*, los que existen y poseen.

El piloto de avionetas queda en la de los *have-not*, inexistentes y desposeídos.

Abandono mi sitio y me acerco a él. Le deseo suerte, sinceramente. Le doy ánimos.

Porque —ya lo escribió Rosalía de Castro— *toda a Terra é dos homes*. De todos los hombres. De todo el género humano.

Posfacio

Ya se anticipó en el Prólogo que lo vivido por el autor de *Habana Flash* avanzados los años 90 podría trasladarse apenas sin cambios a la primera década del nuevo milenio. Durante el decenio, ni el país ni el régimen padecieron variaciones significativas. Las más relevantes quedan señaladas en las notas siguientes:

1.- El sistema monetario cubano experimentó una transformación sustancial en estos diez años. La moneda habitual en las transacciones de los turistas es el llamado CUC (*Cuban Unity Currency*), o simplemente "convertible", nunca el "peso" (también llamado "moneda nacional") que se reserva para operaciones del cubano residente. Si un turista habla de "pesos" (24 pesos equivalen a un CUC) en seguida será corregido. Es fácil de imaginar la consternación del visitante poco precavido al intentar hacer uso de los "pesos" que le hubieran podido facilitar a cambio del CUC en cualquier transacción callejera.

Otra notable variación en el delirante sistema monetario cubano proviene del cambio de consideración que ha sufrido el dólar. La divisa norteamericana ha sido sustituida abruptamente por esa otra moneda de la que se dotaron los europeos en 1999 y que ni siquiera adquirió tangibilidad hasta 2002. El Euro, moneda joven pero aguerrida, ha suplantado al dólar en las preferencias de los cubanos, y ello no solo por una cuestión de dignidad nacional ni por la negativa evolución de la divisa norteamericana en los últimos años, también por una cuestión matemática.

El CUC (o "convertible") observa un cambio fijo con el dólar de 1$:0,8 CUC que en realidad se corresponde con la paridad 1:1 corregida con un 20% de comisión, tasa elevada que se justifica por el control que ejerce Estados Unidos para intentar dificultar la conversión. Haciendo tres cuentas muy básicas, cualquiera se percatará de que el cambio no favorece a quien recibe dólares. Veamos cómo andaban los tipos de conversión en el verano de 2008: un CUC se negociaba alrededor de 1€:1,4CUC. El dólar a 1€:1,55$. Así pues, aplicando las cotizaciones del mercado libre, un dólar debería equivaler a 0,9 CUC (1,4/1,55); se entiende, por tanto, la preferencia del cubano por la moneda europea.

La práctica desaparición del dólar de las calles de La Habana obliga a pasar a CUC o euros cada cálculo de los viajeros de *Habana Flash* realizado en dólares.

2.- El níquel se ha convertido en uno de los sectores básicos de la precaria economía cubana. De hecho, en 2007 superó al turismo como primera fuente de divisas. Algo menos de la mitad de la producción aún está en manos de capital mixto cubano-canadiense. Los cubanos se muestran orgullosos de las reservas de níquel que guardan los suelos de la Isla y esperan aumentar la producción en los próximos años, para lo cual la empresa estatal Cubaníquel proyecta nuevas fábricas.

3.- El escudo gallego vuelve a presidir el escenario del Gran Teatro de La Habana, aunque la enormidad del espacio así como la poca iluminación reinante dificultan su identificación.

4.- Además de que, en caso de solicitar fianza, habría de ser en euros o en CUC, el depósito por el uso de la caja fuerte ha quedado hoy en día suprimido en la mayoría de los hoteles. Aunque el servicio no alcanza los estándares habituales en España, las grandes cadenas han impuesto las prácticas más comunes.

5.- El turismo ha sido la principal fuente de divisas para el Estado en la última década, tan solo superado por el níquel en 2007. Compañías hoteleras occidentales, sobre todo españolas, han realizado fuertes inversiones en establecimientos normalmente radicados en La Habana o en regiones de playa como Varadero o Los Cayos. Dado que el destinatario, exclusivo hasta julio 2008, es el turista extranjero, los precios de estos establecimientos se fijan atendiendo a la capacidad de pago del mundo desarrollado.

6.- Tras la visita del Papa Juan Pablo II a Cuba precisamente en 1998, la posición del régimen comunista cubano respecto de la Iglesia Católica se hizo más permisiva y hasta comprensiva. Este factor, así como los fondos internacionales recibidos para acciones de restauración, ha propiciado el magnífico aspecto actual de la Catedral de San Cristóbal.

7.- La restauración ha crecido vigorosamente de la mano de la UNESCO y por la contribución de países como Canadá o España. La Habana Vieja presenta zonas en excelente estado de conservación, como la calle Mercaderes y zonas aledañas, y otras que lo estarán en breve, como la Plaza Vieja, antiguo mercado de esclavos.

8.- Cuando se escribe *Habana Flash*, Cuba está instalada en lo que interna y eufemísticamente (una dictadura es una imparable factoría de eufemismos) se denominó "periodo especial", y que tuvo lugar a partir de la desmembración de la Unión Soviética y el cese de la ayuda que llegaba desde aquel país amigo y tutor. El "periodo especial" se caracterizó por la falta de víveres y artículos de toda clase y por el empobrecimiento extremo de la sociedad cubana. Aunque sin abandonar en absoluto la penuria en la que se desenvuelven los cubanos, puede decirse que la situación ha mejorado ligeramente a partir del crecimiento del turismo y de la colaboración de países como Venezuela y China. En estos momentos, los sueldos se mueven en torno a los 500 pesos al mes (alrededor de 20 CUC). Es preciso aclarar que el cubano no soporta gastos de vivienda, educación ni sanidad, que en los centros de trabajo se ofrece un menú diario a precios irrisorios (con frecuencia no llega a 1 peso) y que el coste de los alimentos incluidos en las cartillas de racionamiento es muy reducido.

9.- Las tarjetas de crédito son normalmente admitidas en los establecimientos turísticos. Sin embargo, cuando un turista inicia el gesto de pagar con tarjeta, suele ser avisado de la comisión de cambio del 11% que le aplicarán como penalización de los mercados de divisas a lo que consideran un país con elevada incertidumbre económica.

10.- El régimen ha intensificado notablemente el control de las "jineteras". Si la policía detiene a una cubana (o cubano) ofreciendo sus servicios, le impondrá una multa. A la tercera detención, la "jinetera" o "jinetero" terminará en prisión donde deberá cumplir una condena de hasta cuatro años. Con esta medida, el gobierno cubano ha reducido drásticamente la visibilidad de la prostitución.

11.- Como se apuntó anteriormente, esa transacción no se produciría hoy en día. El narrador habría pagado 10 CUC (10 pesos convertibles) y habría recibido el cambio de 1 CUC.

12.- El edificio se conoce actualmente como Gran Teatro de La Habana y es, además, sede del Ballet Nacional de Cuba. La visita al antiguo Centro Gallego se realiza previo pago de 2 CUC (alrededor de 1,35 €) por persona, aunque el tique de entrada todavía reza $2 USD. Queriendo negar la evidencia de lo que fue, el edificio se anuncia de la manera siguiente: "Gran Teatro de la Habana. Desde 1838. 165 Años de Cultura."

13.- El antiguo Centro Asturiano ha sido objeto de una gran rehabilitación tras la cual se ha abierto como sede internacional del Museo Nacional de Bellas Artes. El edificio presenta unas dimensiones considerables que se trasladan a unas salas interiores de gran espectacularidad. Las piezas de este Museo proceden de donaciones supuestamente voluntarias y de colecciones decomisadas. Destaca la excelente muestra de obras de Sorolla.

14.- Como es fácil imaginar tras lo expuesto en puntos anteriores, nadie pide un dólar en 2008. Algún niño puede solicitar un peso (se refiere a un CUC) para una limonada, pero lo habitual es pedir algo de lo que llevas, como la visera, por ejemplo. Las mujeres suelen pedir jabón y bolígrafos y, en algún caso, "ropita" para el bebé.

15.- La sensación actual en La Habana no es de inseguridad. Más que hurtos, lo que se padece son continuos intentos de timos a diminuta escala que es fácil evitar si uno va precavido.

16.- Al poco de comenzar el milenio, los pequeños grupos musicales que amenizan comidas y cenas en los restaurantes cubanos se pasaron al DVD. Por 10 CUC, venden un repertorio digitalizado que casi siempre incluye "Guantanamera", "Ché Guevara" y "Yolanda".

17.- El combustible en Cuba es sumamente gravoso para el común de los ciudadanos. Existen dos clases de gasolina: la estándar, de mala calidad y que se vende a unos 65 centavos el litro, y la profesional, reservada para transporte público y servicios turísticos, cuyo precio se acerca al CUC. Por este motivo, siguen utilizándose ampliamente bicicletas y otros vehículos basados en pedales, así como el caballo, en especial fuera de La Habana. Hay zonas, como Trinidad, en las que el caballo forma parte del paisaje, tanto rural como urbano.

18.- Diez años después, el turista habrá de pagar las tasas de aeropuerto, al igual que el resto de bienes o servicios, en la moneda cubana convertible. Concretamente, se exige el pago de 25 CUC antes de dejar el país. Si un viajero prefiere abonar en moneda europea, habrá de abonar 20 €, equivalencia nada beneficiosa para el pagador. Extraña transacción esta última: pagar para salir cuando el deseo es de extender una vivencia que, en cualquier caso, será difícil de olvidar.

Marcelino Fernández Mallo
Agosto 2008

Otros títulos

Finalista del XIII Premio Fernando Lara de novela

MÁS ALLÁ DEL CARACOL

DANIEL ATIENZA

Más allá del caracol

Poco antes de morir, David debe encontrar el error trágico de su vida para poder seguir su viaje al otro mundo. Pero, pronto, al rememorar su existencia, descubrirá que nada es lo que parece, ni siquiera la muerte.

Normalmente tendemos a pensar que la muerte es un final. Un final irremediable, impuesto y ante el cual no existe ninguna opción. Sin embargo, en el caso de David, esto solo es un comienzo porque poco después de morir no encuentra el vacío que siempre pensó. Al contrario, solo observa a un anciano que le hace una singular propuesta: le permitirá elegir el camino a seguir más allá de la muerte si es capaz de decirle cuál ha sido el mayor error de toda su vida, ese error del que todos sus demás errores derivan. David decide, entonces, narrarle su paso por el mundo.

Autor: Daniel Atienza
ISBN: 978-84-9763-723-7

UNA PUTA ALBINA COLGADA DEL BRAZO DE FRANCISCO UMBRAL

DIEGO MEDRANO

Una pensión miserable, misteriosas amenazas, el Café Gijón, Francisco Umbral, sus libros, su obra, su pensamiento... y Maruja Lapoint.

Una puta albina colgada del brazo de Francisco Umbral

Samuel Lamata ha llegado a Madrid para dedicarse sólo a escribir, para triunfar en la literatura, pero en especial para espiar a Umbral y para hacer de esta ciudad un personaje literario. En la miserable pensión de la calle Hortaleza en la que vive, antes de acostarse se repite a menudo dos frases de Witold Grombrowicz. La primera: "Yo no era nada, por lo tanto podía permitírmelo todo". La segunda: "Desde que ejerzo la literatura siempre he tenido que destruir a alguien para salvarme a mí mismo". Así empieza su trepidante búsqueda, literaria, vital, en donde él como narrador con un amplio registro literario (Borges, Kafka, Gómez de la Serna, etc.) trata de encontrar al verdadero Francisco Umbral, descubrir quién se esconde tras el personaje de Maruja Lapoint (pseudónimo correspondiente a cierta bohemia célebre del Café Gijón) y, por último, intentar descifrar su propia identidad…

Autor: Diego Medrano
ISBN: 978-84-9763-519-6